Reinhard Gnettner

NUR DER TOD IST UNSTERBLICH

Reinhard Gnettner

NUR DER TOD IST UNSTERBLICH

Ein mörderischer
Literaturkrimi

ueberreuter

Gefördert von der Stadt Wien Kultur

Stadt Wien

Danke, dass Sie sich für unser Buch entschieden haben. Wir freuen uns, wenn wir Sie auch weiterhin über unsere Neuerscheinungen informieren dürfen, und laden Sie ein, unseren Newsletter unter www. ueberreuter.at zu abonnieren.

1. Auflage 2021

ISBN 978-3-8000-9006-8

Lektorat: Gerhard Loibelsberger
Covergestaltung: Saskia Beck, s-stern.com
Coverfoto: © Barbara Wirl
Satz: Hannes Strobl, Satz·Grafik·Design, Neunkirchen
Druck und Bindung: CPI Moravia Books

www.ueberreuter.at
#ueberreuter_wien
@ueberreuterwien

Nun mag mancher Leser der Meinung sein, man könne doch gar nicht so alt werden wie die fünf Herren in diesem Buch. Das ist natürlich richtig, aber wen interessiert das schon. Viel spannender ist doch die Frage: Was wäre wenn?

Was wäre, wenn diese fünf großartigen Literaten noch lebten, wenn sie dank ihrer Werke unsterblich wären? Wie würde es weitergehen? Oder, wie Friedrich Torberg die Frage in der Folge etwas anders, aber nichtsdestotrotz gewohnt treffend formuliert: Gibt es eigentlich eine Leber nach der Wurst?

All jenen Leserinnen und Lesern, die das herausfinden möchten, ist dieses Buch gewidmet. Und natürlich den fünf Unsterblichen. Möge das Buch ein klein wenig dazu beitragen, sie weiter in der Unsterblichkeit leben zu lassen.

PROLOG

„... und Blut, überall Blut! Ich hab doch noch nie eine Leiche gesehen, Herr Inspektor, und dann gleich so etwas! Der Körper, wie aufgespießt, die verdrehten Arme und der Mund, als ob er lachen würde, aber voller Blut, wie ein Vampir! Ich will nur kurz joggen gehen und dann liegt der da. Dass in einem einzigen Menschen so schrecklich viel Blut sein kann! Ich glaub, ich muss schon wieder ...“

Der Polizeibeamte, der die Befragung vornahm, hielt schließlich fest:

Am 4. April um 5 Uhr 35 bewegte sich die Zeugin von der Boltzmanngasse kommend joggend die Strudlhofstiege hinab. Sie war Richtung Donaukanal unterwegs. Schon auf der Stiege wurde sie eines größeren Objektes gewahr, das sich unten vor dem Brunnen befand. Sie hielt es für Sperrmüll und war empört darüber, dass die Leute ihr altes Gerümpel einfach so im Schutze der Nacht entsorgten. Beim Näherkommen erkannte sie jedoch, dass es sich um einen zertrümmerten Rollstuhl handelte. Dann musste sie laut eigener Aussage erst einmal speiben, denn: „... im Rollstuhl eingeklemmt und von einer großen Blutlache umgeben steckte ein lebloser, grauslich anzusehender Körper.“ Unmittelbar nach dem Speibvorgang alarmierte die Zeugin die Polizei.

EIN HALBES JAHR DAVOR: 10. OKTOBER

Da saßen sie also, die fünf Herren, nach ihrem gemeinsamen Auftritt beim Symposium *Kaffeehausliteratur – ein aussterbendes Genre?*, zu dem sie vom österreichischen PEN-Club eingeladen worden waren. Sie saßen im Café Central und schwelgten in Erinnerungen an die Zeiten, in denen die Vergangenheit noch eine Zukunft hatte.

Perutz streckte sich wohlig auf dem Thonet-Sessel aus, nahm einen Schluck von seinem Mokka und äußerte den folgenschweren Satz: „Ach, herrlich, wieder einmal in einem echten Kaffeehaus zu sitzen!"

„Jaja, das gibt's nur in Wien", stimmte Doderer zu.

„In Tel Aviv sitzt man auf unbequemen Stühlen, bekommt sein Getränk hingestellt und sonst höchstens noch eine Grobheit zu hören", erzählte Perutz. „Bei dir in Brasilien ist es wohl auch nicht besser oder, Zweig?"

Zweig, einsilbig: „Nein."

Ausführlicher dagegen Fried: „Glaubst du etwa in London? No chance. In England gibt's weder vernünftiges Essen noch guten Kaffee! Weiß der Kuckuck, warum ich es da schon so lange aushalte."

„Na und in Breitenfurt kannst du die Kaffeehäuser erst recht vergessen. Obwohl das fast schon Wien ist", meinte Torberg und Doderer gestand: „Seit das Herrenhof geschlossen hat, bin auch ich nur mehr selten fortgegangen. Eine Zeit lang noch ins Hawelka, aber in den letzten Jahren, auch wegen des depperten Rollstuhls, überhaupt nicht mehr. Dabei hätte ich es von meiner Wohnung nicht einmal weit. Aber es lohnt sich nimmer. Ihr seht ja selbst, fast nur noch Touristen, die Stadtpläne statt Zeitungen studieren, ein Türsteher, der Typen, wie wir es früher einmal waren, gar nicht erst reinlassen würde, und von der Atmosphäre ist nur das prächtige Deckengewölbe geblieben."

„Das g'fallt dir, was, Doderer?", hakte Torberg ein. „Erinnert mich an deinen Schreibstil, an deine handwerklich virtuose, neo-barocke Stickerei!"

„Sagt wer? Torberg – ist das nicht dieser bemühte Übersetzer vom berühmten Humoristen Ephraim Kishon?"

Torberg wusste nicht, ob er beleidigt oder belustigt sein sollte, ignorierte dann aber die Provokation und fasste lieber den bisherigen Verlauf ihrer Unterhaltung zusammen: „Also, meine Herren, können wir die Sache als beschlossen betrachten?"

Ein Blick in die Runde zeigte ihm, dass die Zustimmung schon fast so schwer und prominent auf dem Tisch lag wie die Messing-Aschenbecher, die früher die Stammtische der Kaffeehäuser zierten. Aber eben nur fast. Denn so wie die Aschenbecher heutzutage fehlten, fehlte auch die endgültige Zustimmung. Zu neu war der Gedanke, eine Wohngemeinschaft zu gründen, schließlich hatten sie erst vor einer Stunde begonnen, diese Möglichkeit ins Auge zu fassen. „Okay, ich würde sagen, jeder geht noch einmal kurz in sich und überlegt, wie er zu dem Projekt steht. Dann sehen wir weiter."

Nach diesem Vorschlag entstand ein verbales Vakuum rund um die fünf Herren, sie redeten intensiv nicht miteinander. Ohne es zu wissen, dachten aber alle ähnlich. Ob Zweig in Brasilien, Perutz in Tel Aviv oder Fried in London – nie waren sie dort richtig heimisch geworden. Alle hatten ihr Exilantendasein mehr als satt. Auch Torberg in Breitenfurt und selbst Doderer in Wien empfanden ihr einsames Leben als Exil. Sie hatten keine Freunde, mit denen sie reden und lachen konnten. Sie hatten auch niemanden mehr, um neue Buchideen zu besprechen. So kam Zweig zu dem Schluss, seine Depressionen zu verschieben, denn umbringen könnte er sich auch später noch. Perutz wollte der Literaturgeschichte, die ihn seiner Meinung nach schon abgeschrieben hatte, das Gegenteil beweisen. Fried wollte vor allem weiterkämpfen und seiner Schreibmaschine eine neue Heimat geben. Und Doderer? Der schob seinen Hut aus der Stirn und beschloss, dass nichts dagegen sprach, noch einmal richtig Spaß zu haben und die Widrigkeiten des Alters zu vergessen.

Lediglich Torberg dachte etwas anders. Genau genommen hatte er an jedem einzelnen der Herren etwas auszusetzen. Aber genau das machte für ihn den Reiz aus. Er hatte es schon immer geliebt, nicht nur seine Freundschaften, sondern auch die Feindschaften zu pflegen. Draußen in Breitenfurt konnte er sich nur wie ein räudiger Hund an der Hausecke reiben. Hier aber hätte er perfekte Partner für Auseinandersetzungen, Streitgespräche und endlose Diskussionen. Er wollte das Projekt und ihm war klar, dass er die Angelegenheit in die Hand nehmen musste. Deswegen unterbrach er jetzt die allgemeine Denkpause mit einem wohlkalkulierten Argument zur Überwindung der letzten Widerstände: „Ich hab's. Wir ziehen nicht nur zusammen, sondern wir gründen ein Kaffeehaus! Ein richtiges, so wie früher." Und als definitiven Verstärker fügte er hinzu: „Denn Gott sprach: Es ist nicht gut, dass der Mensch ohne Kaffeehaus sei. Genesis 1 Vers 18."

Schweigen. Torberg hatte geglaubt, dass er mit diesem Vorschlag sofort den Bann brechen und Beifall von allen Seiten einsammeln würde. Stattdessen fragte Perutz: „Wir, ein Kaffeehaus, wie soll das denn gehen?"

Auch Fried zweifelte: „Wir haben doch gar keine Ahnung von Gastronomie."

„Nur vom Trinken, nicht vom Ausschenken, typischer Fall von passiver Gastronomitis", konnte sich Doderer nicht verkneifen. „Und ich serviere dann im Rollstuhl?"

„Gute Idee, herrlich bizarr", urteilte Perutz. „Das gab's noch nicht. Ich mach mit! Aber nur, wenn wir das Ganze ‚Herrenhof' nennen."

Das fand Doderers volle Zustimmung. Theatralisch öffnete er seine Arme. „Großartig, wir lassen das alte Herrenhof aufleben und geben uns wieder eine Heimat!"

„Das Herrenhof-Comeback", fasste Fried zusammen und Doderer setzte noch einen drauf: „Und Aura muss es haben, so wie früher, es muss auratisch sein!"

Nun bremste Torberg: „Ihr habt mich falsch verstanden. Ich wollte nicht gleich ein ganzes Kaffeehaus etablieren, nur damit wir etwas zum Wohnen haben. Auch wenn es sich dabei um einen durchaus faszinierenden Gedanken handelt."

„Sondern?", fragte Fried.

„Anders herum. Früher haben wir das Kaffeehaus zu unserem Wohnzimmer gemacht, jetzt machen wir unser Wohnzimmer zum Kaffeehaus. Also, wir gründen wie geplant eine Wohngemeinschaft, jeder hat sein eigenes Zimmer, aber das gemeinsame Wohnzimmer oder, besser gesagt, den Salon, den gestalten wir als unser privates Kaffeehaus. Eingerichtet, rauch- und ideengeschwängert wie damals, nicht so klinisch rein und auf Hochglanz poliert wie mittlerweile das Central hier."

Wieder Schweigen. Aber diesmal kam der Beifall, altersbedingt mit Verzögerung.

„Was haben wir denn schon zu verlieren? Der Plan ist gut, ich bin dabei", fand Doderer als Erster zustimmende Worte.

„Was hast du gesagt?", fragte Perutz.

„Du solltest ein Hörgerät tragen, Perutz! Der Plan ist großartig, hab ich gesagt."

„Ja, das ist er", lobte Fried. „Ich habe immer bereut, die große goldene Kaffeehauszeit nicht mehr miterlebt zu haben. Jetzt könnte ich es nachholen. Dafür würde ich sogar zu rauchen anfangen, für ein Kaffeehaus, das die Künstler und Lebenskünstler unwiderstehlich anzieht, das die Menschen zusammenführt und die Gegensätze an einem Tisch platziert. Wait to be seated, ihr Monarchisten, Sozialisten, Humanisten, Juden und Exnazis dieser Welt!“ Dabei warf er einen belustigten Seitenblick auf Doderer.

Der zuckte zusammen und entgegnete: „Schon gut, ich habe verstanden. Aber deine versteckten Anspielungen kannst du dir sparen, du subversiver Verseschmied.“

„Nur weiter so, Kollegen“, forderte Torberg, „heraus mit der Sprache, im Kaffeehaus wird einander nichts geschenkt. Machen wir es wieder zum Idealbild einer besseren Welt, nehmen wir uns kein Blatt vor den Mund, pflegen wir die Schlagfertigkeit und den Wortwitz auf höchstem Niveau!“

Perutz hob seinen Mokka in die Höhe: „Auf den Kaffeegenuss sowie den Genuss der freien Rede und Widerrede!“

Die anderen folgten seinem Beispiel.

„Auf das Kaffeehaus!“

„Auf unser Kaffeehaus!“

„Stefan, was ist mit dir, du bist so zweigsam“, fragte Fried. Zweigs leise Zustimmung „Auf das Kaffeehaus!“ ging im Gelächter unter.

Ein Ober trat an ihren Tisch. „Wenn die Herrschaften noch etwas bestellen möchten, wir schließen demnächst.“

Die Touristenpaare an den Nebentischen hatten bereits nach und nach das Café verlassen. Die fünf Herren aber überhörten die höfliche Aufforderung des Obers und verfolgten weiter ihre Zukunftspläne.

„Ein Kaffeehaus ist, wenn man es recht bedenkt, für den Literaten der Himmel auf Erden“, stellte Perutz fest. „Wir selbst sind der beste Beweis. Man wollte uns schon lange nach ganz oben wegloben, aber wir sind immer noch hier unten, auf Erden.“

„Im Kaffeehaus, wo wir hingehören“, bestätigte Torberg.

„Es ist die letzte geruhsame Insel im hektisch tobenden Meer des Weltbetriebs."

„Ein Jenseits im Diesseits", brachte es Doderer auf den Punkt. Und dann warf er gleich ein weiteres Argument für die Wohngemeinschaft in die Runde: „Wir sind ja auch noch nicht fertig. Ich zumindest strebe noch einmal zurück auf die Bühne des Lebens, um ein Opus Magnum zu erschaffen."

„Meines liegt auch schon seit Jahren angefangen in der Lade", gestand Perutz, „in Tel Aviv, aber dort geht's einfach nicht."

„Bei mir ist es ähnlich. Es gibt noch so vieles, was ich tun möchte, Gedichte schreiben und ...", jetzt deutete Fried in Richtung Ober, der im Hintergrund schon hüstelte, „wir lassen uns erst aus dem Leben komplimentieren, wenn wir unser Werk vollendet haben."

„Auch ich wälze den Gedanken daran, noch ein Buch zu schreiben. Eines, das ich selbst gern lesen würde", stimmte Torberg zu und fuhr ungeduldig fort: „Jetzt aber weiter im Text. Ich denke, die Wohngemeinschaft mit Kaffeehaus ist verabschiedet. Aber wo soll sich das Ganze befinden? Mir ist im Laufe des Abends noch etwas aufgefallen, das uns neben der Sehnsucht nach Kaffeehäusern verbindet."

„Die Unfähigkeit, ein Kaffeehaus nicht als Letzter zu verlassen?", vermutete Doderer.

„Nein. Aber wir alle haben einmal am Alsergrund gewohnt oder sind dort zur Schule gegangen. Wir sollten uns eine Bleibe im Neunten suchen, dem schönsten aller Wiener Bezirke."

„Back to the roots." Fried konnte sein langes, englisches Exilantendasein nicht verleugnen.

„Zum Beispiel in der Porzellangasse. Dort habe ich früher gewohnt, Nummer 36", sagte Torberg.

„Wirklich? Ich auf Nummer 37. Das 36er-Haus ist doch

das im Stil der Wiener Secession ..." Perutz rief sich die alten Bilder ins Gedächtnis. „Kannst du dich noch an die Mitzi erinnern, bei uns im 2. Stock, die mit den feuerroten Haaren?"

„Ich weiß nicht, damals hab ich nur Fußball und Wasserball im Kopf gehabt", bekannte Torberg.

Doderer horchte auf: „Rote Haare, das klingt interessant!"

Aber noch bevor sich die Fachsimpelei über das andere Geschlecht richtig entfalten konnte, bereitete ihr Torberg ein Ende: „Somit betrachte ich auch die Lokalität am Alsergrund als einstimmig beschlossen."

Wieder einmal hatte ein Kaffeehaus dazu beigetragen, dass Ideen geboren, fallengelassen, weitergesponnen und manchmal sogar realisiert wurden. Auch wenn sich das Central im Laufe der Zeit ziemlich verändert hatte, was die Gäste betraf – von Schaffenden zu Gaffenden, vom Künstlertreff zur Touristenattraktion – diese Qualität funktionierte nach wie vor.

Zweig fingerte sich wortlos eine Virginia-Zigarre aus dem Anzug und zündete sie an.

„Das ist zwar nicht mehr erlaubt", kommentierte Torberg, „aber es ist eh schon Sperrstunde und wir werden gleich unsanft hinausgebeten, so wie früher. Vorher aber noch schnell zu etwas anderem. Ihr wisst, wie es ist. In unserem Alter zwickt es an allen Ecken und Enden. Je gescheiter wir werden, desto mehr lässt uns der Körper im Stich. Der eine hört schlecht, der andere red' nichts. Wir nennen Rollstuhl, Rollator und Gehstock unsere Gehilfen, der Zucker bringt uns um, Kaffee mit Süßstoff, das wäre uns früher niemals auf den Tisch gekommen ... Was ich sagen will, schaffen wir das allein? Brauchen wir nicht jemanden, der sich um uns kümmert, jemanden der auf uns schaut?"

„Wanted: eine Pflegerin unseres Vertrauens!", lautete Frieds Kurzfassung.

„Brrrillant!“, lobte Doderer. „Wir brauchen nicht mehr jeder eine, sondern nur noch eine für alle. Aber wie findet man eine solche Person?“

„Wir geben eine Annonce auf“, schlug Perutz vor.

„Was lesen denn Pflegerinnen heutzutage hier in Wien?“, fragte Fried.

„Ich denke, diese Gratiszeitung, die jetzt überall das Auge eines jeden gebildeten Menschen beleidigt, dieses ‚Extrablatt‘, das wäre für unsere Zwecke geeignet“, sagte Torberg. „Herr Ober, wären Sie so freundlich, uns das Extrablatt zu bringen?“

Der Ober näherte sich: „Mit Verlaub, aber wir führen nur echte Zeitschriften ..., übrigens, Rauchen ist bei uns untersagt ... und wenn die Herren dann langsam, ... wir sperren zu.“

Als der Ober sich wieder entfernt hatte, sagte Fried: „Ich glaube wir werden hinausgeworfen, bye-bye Literatenhimmel.“

Torberg ergänzte: „Eines Tages werden wir vor den Pforten sämtlicher Kaffeehäuser stehen, die unser Leben ausmachten, und sie werden alle versperrt sein. Das ist das Ende aller Zeiten.“

„Uns droht die literarische Obdachlosigkeit!“, stellte Perutz fest.

„Wieder einmal ab ins Asyl“, folgerte Fried.

„Was tangiert es uns, sollen sie uns doch hinausschmeißen, diese Schmeißfliegen des modernen Kaffeehauswesens“, befand Doderer, „wir emigrieren in unser eigenes Kaffeehaus!“

Vier nicht mehr ganz taufrische Herren schlurften eingehängt und beschwingt, den fünften Herren im Rollstuhl schiebend, durch die nur noch von einzelnen Nachtschwärmern bevölkerte Herrengasse in Richtung des Ringstraßen-Hotels, das der PEN-Club für sie gebucht hatte. Nach der langen Dunkelheit, die die letzten Jahre und Jahrzehnte jedem Einzelnen von ihnen gebracht hatten, hofften sie, dass sie die Morgenröte eines neuen Tages erleben würden.

Eine Weile hörte man noch das leiser werdende, taktartige Klopfen von Frieds Gehstock durch die Gassen hallen, aber nachdem die fünf Herren um die Ecke gebogen waren, verstummte auch dieses Geräusch.

24. OKTOBER

„Also Fräulein Ella, wenn ich Sie so nennen darf“, sagte Torberg, „das klingt alles sehr überzeugend, was Sie uns zu bieten haben. Dürften wir aber auch fragen, wie Ihr privater Lebenslauf aussieht? Es geht uns zwar nichts an, aber wir haben Ihnen ja auch einiges über uns erzählt, und damit wir uns einen besseren Eindruck machen können, wäre es doch sehr nett, Sie wissen schon, Eltern, Familienstand, Kinder und so weiter.“

Ella saß den fünf Herren im Wartezimmer einer ehemaligen Arztpraxis, in der nun die Wohngemeinschaft entstehen sollte, gegenüber. Bis hierher war ihr Vorstellungsgespräch trotz großer Nervosität sehr gut verlaufen, jetzt aber drohte Gefahr. Sie hatte befürchtet, dass diese Frage kommen würde, denn einerseits zeigte ihr privater Lebenslauf, wie Torberg es genannt hatte, dass sie sich immer aufgeopfert und in den Dienst anderer gestellt hatte, andererseits offenbarte er aber auch, dass die Ergebnisse dürftig waren. Deshalb erzählte sie möglichst knapp und oberflächlich, dass sie aus Krakau stammte und ihre Eltern geschieden waren. Ihr Vater, ein Alkoholiker, hatte die Familie verlassen, als sie neun war. Sie hatte nach der Schule mit Putz- und Kellnerjobs angefangen, um sich ein Studium zu finanzieren, Germanistik, allerdings nur drei Semester, denn dann lernte sie ihre große Liebe kennen, wurde schwanger und umgehend von dem Kerl sitzen gelassen. Das wiederum zwang sie, das Studium abzubrechen, die eigene Tochter der Mutter anzuvertrauen und nach Wien zu gehen. Nur so konnte sie genug Geld verdienen, um Mutter und Tochter zu versorgen. Die Tochter hatte ihr das nie verziehen und lebte inzwischen in Hamburg, die Mutter krank und allein in Krakau.

In Bezug auf Lebenspartner gab es nicht viel zu berichten. Ihre Bekanntschaften, darunter eine zu einem windigen Anlageberater, hatten nie lange gehalten. „Derzeit lebe ich mit meiner Katze im 2. Bezirk, in der Nähe vom Nestroyplatz", beendete Ella die Ausführungen und hoffte, dass ihr die geballte Erfolglosigkeit nicht angekreidet werden würde.

Torberg dämpfte seine Zigarette aus. „Soso, aus Krakau kommen Sie. In Krakau gab es ja ein großes Judenviertel."

Diesen Einwurf hatte Ella in dem Moment befürchtet, in dem sie ihre Heimatstadt genannt hatte. Würde es einen Schatten auf sie werfen, dass das Krakauer Ghetto und das in der Nähe gelegene KZ Auschwitz Schauplätze grausamster Verbrechen gewesen waren? Natürlich konnte sie überhaupt nichts dafür, aber immerhin waren vier der Herren Juden, das hatten sie vorhin erwähnt.

Aber Torberg fragte schon weiter. „Und Germanistik haben Sie studiert? Kennen Sie zufällig die Bücher *Die Strudlhofstiege*, die *Schachnovelle* oder *Der Schüler Gerber*?"

Also kein Eingehen auf den Holocaust, dafür die nächste heikle Frage. Ella kannte die Titel, aber nur dem Namen nach. Natürlich konnte sie das nicht zugeben und wählte deshalb eine diplomatische Antwort: „Ja, aber es ist schon sehr lange her, dass ich sie gelesen habe. Ich kann mich nicht mehr gut erinnern."

Torberg fuhr sich geschmeichelt über seine sportlich nach hinten gekämmten spärlichen Haare. „Was sagt man dazu, selbst in Polen liest man unsere Werke. Ich würde sagen, Fräulein Ella ist eingestellt, was meint ihr?"

Auch die anderen schlossen sich Torbergs Meinung an. Dann folgten nur noch ein paar Formalitäten. Es wurde vereinbart, dass Ella bereits in der kommenden Woche ihren Dienst antreten sollte, denn in den nächsten Tagen würden die Möbel geliefert. Die Herren wollten es diesen so schnell wie möglich nachmachen und einziehen.

Ella wäre ihnen am liebsten um den Hals gefallen. Nur mit Mühe gelang ihr eine angemessene Verabschiedung. Erst im Stiegenhaus, als sie sich außer Sicht- und Hörweite wusste, ballte sie die Fäuste, schloss die Augen, warf den Kopf nach hinten und schrie leise: „Ja! Ja! Ja!" Sie hatte den heiß ersehnten Job in der Tasche.

Wie in Trance ließ sie den Aufzug links liegen, schwebte die Stiegen hinab und durch die Haustür hinaus auf die Porzellangasse.

Das Inserat im Extrablatt hatte also nicht gelogen. ‚Fünf ungewöhnlich ältere Herren suchen Pflege-Haushälterin fürs Leben. Literarische Kompetenz erbeten.' So hatte die etwas seltsame Formulierung gelautet. Ungewöhnlich waren die Herren in der Tat, handelte es sich doch um fünf Schriftsteller, von denen Ella angenommen hatte, dass sie schon längst nicht mehr lebten. Sie konnte ihr Alter nur schwer schätzen, aber jenseits der Hundert waren sie mit Sicherheit. Für dieses Alter wiederum waren sie sowohl körperlich als auch geistig ungewöhnlich fit. Etwas Vergleichbares war Ella in ihren 35 Jahren Altenpflege nicht untergekommen. Dabei hatte sie viel gesehen und erlebt, bis sie dann vor einem Monat gekündigt worden war und befürchtet hatte, nie wieder einen Job zu finden.

„Du hast ihnen aber auch verschwiegen, warum man dich gefeuert hat. Das war nicht ehrlich. Irgendwann werden sie es erfahren und dann fliegst du!" Es war das schlechte Gewissen, das aus ihr sprach, ihre Tochter, die sich einmischte. Je mehr sie sich entfremdet hatten, desto penetranter hatte sie sich in Ellas Kopf eingenistet.

„Aber was sollte ich denn machen? Wenn ich es erzählt hätte, hätten sie mich nie eingestellt! Und es passte doch alles so gut. Wie sie sich freuten, dass ich zumindest ansatzweise Germanistik studiert habe und sogar ihre Bücher kannte. Wie die Kinder!“

„Trotzdem, es wird dir eines Tages auf den Kopf fallen.“

„Vielleicht aber auch nicht, schließlich war die Kündigung ungerecht. Jetzt jedenfalls will ich mich erst einmal freuen!“

Ella, die eigentlich Gabriela hieß, aber seitdem sie Polen den Rücken gekehrt hatte, nur mehr Ella genannt wurde, genoss die Strahlen der Herbstsonne und schlenderte gut gelaunt durch die Gassen. Hier am Alsergrund würde sie also als „WG-Managerin“ arbeiten, wie es bewusst modern bezeichnet worden war. Sie sollte sich um Haushalt und Gesundheit kümmern, damit die Herren in Ruhe an ihren neuen Büchern arbeiten konnten.

28. OKTOBER

Der früher als Wartezimmer genutzte Salon, in dem das Einstellungsgespräch stattgefunden hatte, war voll. Nicht nur mit den fünf Herren, Ella, zwei Möbelpackern, sondern auch mit greifbarer Euphorie und Vorfreude. Möbel, Kisten und diverse Accessoires standen überall herum und warteten darauf, den ihnen zugewiesenen Platz einzunehmen. Es fehlte nur noch eines.

„Fräulein Ella, bitte eine Schale Kaffee. Ohne Kaffee können wir unmöglich ein Kaffeehaus einrichten", sagte Torberg, als würde er beim Ober eine Bestellung aufgeben.

Die Herren befanden sich in ihrem Element und Ella musste über die leicht angestaubte Bezeichnung „Schale" schmunzeln. Es war ihr erster Tag und sie ahnte, dass dies heute sicher nicht der letzte Kaffee sein würde. Sie ging in die Küche, wo als einziges und wichtigstes Gerät die Kaffeemaschine schon ausgepackt bereit stand.

Die Wohnung befand sich im Mezzanin eines hufeisenförmigen Gebäudes aus der Gründerzeit. Noch roch alles sauber und frisch ausgemalt, aber das abgetretene Fischgrätparkett und die Stuckverzierungen an der Decke ließen jede Menge Vergangenheit spüren.

Betrat man die Wohnung durch die schwere Holzflügeltür, empfing einen ein imposantes Vorzimmer. Von hier aus waren alle anderen Räume begehbar. Gleich rechts lagen das Bad, zwei WCs, eine Abstellkammer und ein Wirtschaftsraum. Dann folgten, nach hinten Richtung Hof und Garten, die großzügigen Zimmer der Herren. Wendete man sich nach links, gelangte man als Erstes in Ellas zukünftiges Büro und danach in die geräumige Küche, die gleichzeitig als Esszimmer diente. Ella platzierte Kaffee, Milch, Zucker und Süßstoff auf einem Tablett und begab sich damit durch das

Vorzimmer zum künftigen Mittelpunkt der WG, dem „Kaffeehaus“.

„Den großen Marmortisch bitte mehr zentral, er muss die Lokalität dominieren“, dirigierte Doderer gerade wichtig und mit großer Gestik die Möbelpacker, „noch etwas weiter nach rechts, direkt unter den Kronleuchter, und dann kann der Kaffee dort auch schon serviert werden.“

Die Möbelpacker taten wie verlangt, schoben auch die Thonet-Sessel zum Tisch, Ella stellte das Tablett ab und servierte. Zögernd und widerwillig griff Torberg zum Süßstoff.

„Was ist los?“, fragte Doderer. „Was hast du?“

„Diabetes.“

„Diabetes? Na das wär nichts für mich.“

Das Wichtigste war jedenfalls geschafft. Der Tisch stand, die Herren saßen und waren mit Kaffee versorgt. Sie bildeten das Zentrum des Universums.

Ella wartete gespannt, was ihre Arbeitgeber als Nächstes in Angriff nehmen würden. Erst einmal passierte nichts. Dann zündeten sie sich Zigaretten an und genossen ihr neues Sein.

„Furchbar ... furchbar“, unterbrach Perutz die Stille. Die anderen Herren folgten der Richtung seines Zeigefingers zum Kronleuchter. „Da!“

„Eine Fliegenfalle, so what?“, sagte Fried.

„Die Fliegen. Sie suchen das Licht und finden den Tod!“

„Nun reg dich nicht auf, Perutz, ein jeder ist zum Tode verurteilt. Born to die.“

„Außer uns“, ließ sich der schweigsame Zweig hinter seinem gepflegten Oberlippenbärtchen vernehmen.

„Irgendwann wird Gevatter Tod auch bei uns vor der Tür stehen“, antwortete Torberg. „Ah, da ist er ja schon, noch dazu ohne anzuklopfen.“

Zihal, der Vermieter, war im Umzugsdurcheinander unbemerkt in den Salon vorgedrungen. Es handelte sich um einen hageren Herrn, die Hose bis weit über den Bauchansatz hochgezogen und dort mit einem Gürtel verschnürt. Im Gesicht, zwischen seinen abstehenden Ohren, trug er einen dunklen Schnauzer und unter diesem schnarrte es jetzt hervor: „Was passiert hier? Man raucht? ... Steht nicht im Vertrag, rauchen. Und wer sind die alle?“ Er deutete auf die Möbelpacker und Ella. „Hier ist exaktens nur für fünf ... gebucht. Das ist ein ordentliches Haus, schon immer. Und das Parkett, da dürfen keine Kratzer rein. Das ist Vorschrift ... allfällig zur Kenntnis zu nehmen, sonst ...!“

Dann drehte sich der inzwischen leicht rot angelaufene Zihal um und verschwand durch die offen stehende Wohnungstür.

„Das wäre also auch geklärt. Sonst ...“, sagte Perutz und Torberg fügte hinzu: „Ich habe mir den Tod immer anders vorgestellt, irgendwie kompetenter und durchsetzungskräftiger. Und diese Hose! Habt ihr die gesehen? Unten zu kurz und oben zu lang!“

Ella war neben der seltsamen Art die Hose zu tragen vor allem der zuckende Schnauzbart unangenehm aufgefallen, der lediglich lose auf der Oberlippe zu kleben schien. Doderer befand denn auch ganz in ihrem Sinne: „Ein Scheusal österreichischer Eigenart, geistesfeindlich, humorlos, pedantisch. Ein typischer Vertreter der Hausmeistergattung, nichts, was man täglich dringend braucht.“

„Lass gut sein. Wir haben Besseres zu tun, als uns aufzuregen“, sagte Torberg, „zum Beispiel unser Kaffeehaus einzurichten. Wohin mit den Fauteuils?“

„Dort links vor die Fenster, wo dein Rollator den Müßiggang eingelegt hat, dort ist der geeignete Platz für die Gemütlichkeit“, empfahl Doderer.

„Und an die Seite würde gut die große Wanduhr passen“, wagte Ella sich in die Innengestaltung einzumischen.

„Hier im Kaffeehaus? Um Himmels Willen, Fräulein Ella, im Kaffeehaus keine Uhr! Im Kaffeehaus steht die Zeit. Was glauben Sie, warum wir so alt geworden sind? Die Uhr kommt in die Küche", beschied Torberg und Ella verstand, dass man die Herren besser allein machen ließ. Von Kaffeehäusern verstanden sie einfach mehr.

Eifrig gestalteten sie ihre neue Welt und beorderten die Möbelpacker hierhin und dorthin, bis das Kaffeehaus ihren Vorstellungen entsprach. In der Mitte also der große Marmortisch mit den typischen Kaffeehausstühlen. Am wackeligen Garderobenständer neben der Tür hingen leere Zeitungshalter, ein massivhölzernes Bücherregal nahm die linke Wand ein, gefüllt unter anderem mit sämtlichen Bänden von *Meyers Konversationslexikon*, und neben den fünf bequemen Fauteuils waren Beistelltischchen platziert. Die breite Fensterfront öffnete einen Blick auf den parkähnlichen Garten hinter dem Haus und eine Tür führte hinaus auf einen kleinen Blumenbalkon.

Fried war kurz in seinem Zimmer verschwunden und kam jetzt zurückgetapert. In seiner ausgebeulten Cordhose und der Strickweste sah er aus wie ein gemütlicher Opa. Mit der linken Hand hielt er den Gehstock, rechts trug er ein Plastiksackerl. Daraus zauberte er zwei kleine, verstaubte Zimmerpflanzen hervor und stellte sie auf das Fensterbrett.

„Ich bringe hier noch etwas zusätzliches Leben in die Bude."

„Brrrillante Idee", kommentierte Doderer. Seine pathetische Ausdrucksweise wirkte auf Ella, als ob er sich selbst parodieren würde.

„Diese armen Pflänzchen dienen doch nur als Warnsystem für den Nikotingehalt der Luft", amüsierte sich Perutz. „Fräulein Ella, wenn die Blätter fallen, sind bitte umgehend die Fenster zu öffnen."

Doderer, der gerade eine dicke Dampfwolke ausgestoßen hatte, fühlte sich angegriffen. „Du qualmst doch selbst wie eine Lokomotive, die sich den Semmering hinaufquält. Geht es dir denn nicht auch so, dass das Fehlen des Tabaks eine starke Wirkung auf den Geist ausüben würde, insbesondere wenn die Zigarette immer ein unentbehrliches Lebensmittel dargestellt hat?“

„Durchaus, durchaus, mir tun nur die Pflanzen leid“, erwiderte Perutz.

„In diesem Fall muss die Natur dem Geiste dienen, Herr Kollege. Das Gift ist nötig, um die dritte Dimension zu erschließen“, stellte Doderer klar.

Wieder musste Ella schmunzeln. Diese Herren waren das Beste, was ihr hatte passieren können. Originell, sympathisch, unterhaltsam und sie hatten, wie es ihr schon beim Einstellungsgespräch aufgefallen war, ihr natürliches Ablaufdatum ganz ungeniert überschritten.

„Ich werde Ihnen ein einfaches Mittagessen machen“, unterbrach sie die Raucherdebatte, ging in die Küche und kramte aus einem der Umzugskartons einen Kochtopf hervor, um Würstel zu erhitzen.

Nach dem Essen verteilte sie die Medikamente.

„Fräulein Ella, das ist nicht Ihr Ernst, oder?“, hielt Fried eine sehr große Tablette in die Höhe.

„Doch, Herr Fried, das hat der Arzt so verordnet, die müssen Sie nehmen. Bisher haben Sie es doch auch getan.“

„Aber schauen Sie: Dieses Pulver hat das vorgebliche Ziel, mein Leben zu verlängern. Die Größe und die scharfkantige Form jedoch werden mir den Schlund aufschlitzen. Das ist doch paradox!“

„Vielleicht handelt es sich um ein Paradoxon, das klingt doch schon wie der Name eines Medikaments“, scherzte Perutz, „und damit aufgepulvert könntest du gleich eines deiner paradoxen Gedichte verfassen.“

Fried wendete die kantige Tablette zwischen seinen Fingern und begutachtete sie gründlich von allen Seiten. „Ein verdinglichtes Paradoxon, so sieht das also aus.“ Dann wischte er sich die silberne Locke aus der Stirn und trug mit sonorer, fester Stimme frisch verfasste Verse vor.

In diesem Moment dachte Ella das erste Mal daran, ein Tagebuch zu führen. Auch die anderen Herren lauschten beeindruckt. Fried war zwar dafür bekannt, selbst jede kleine Zeitungsmeldung spontan in ein Gedicht verwandeln zu können, aber live hatten sie es noch nie erlebt. Und so kommentierte Torberg anschließend: „Eigentlich braucht man im Leben nur eine einzige Sache, ohne die es nicht geht: eine Leidenschaft, für die man brennt".

„Schreiben", meldete sich Zweig mit einem Wort zu Wort. Spontan fielen Ella aber schon mehrere Leidenschaften ein, für die die Herren brannten. Für das Kaffeehaus, für Kaffee und für Rauchwaren. Doch das Schreiben stand eindeutig an erster Stelle, denn jetzt wandte sich Torberg an sie: „Liebes Fräulein Ella, nun haben Sie uns ja schon ein wenig kennengelernt, also noch einmal herzlich willkommen in unserer Selbsthilfegruppe der vergessenen Literaten. Danke, dass Sie sich in Zukunft um uns kümmern wollen", und unternehmungslustig zu den anderen: „Also lasst uns unser neues Leben beginnen. Ich werde jetzt ein wenig hinausgehen. Am Platz bei der Servitenkirche gibt es ein Wirtshaus, das ich erkunden möchte, um über mein neues Buch nachzudenken. Kommst du mit, Doderer, auf ein Seiterl oder ein Achterl? Am Abend zu unserer Leserunde sind wir wieder zurück."

Und schon bewegte er seinen Rollator sportlich Richtung Ausgang, dicht gefolgt von Doderer im Rollstuhl. Die anderen begaben sich in ihre Zimmer, um sich dort ihrer Leidenschaft, dem Schreiben, zu widmen. Auch Ella machte sich an die Arbeit, es galt, die WG in einen funktionstüchtigen Zustand zu versetzen.

7. JÄNNER

Über zwei Monate waren seit der WG-Gründung vergangen und es hatte nur ein wesentliches Ereignis stattgefunden: Die Routine war eingekehrt.

Wie jeden Tag betrat Ella um acht Uhr ihr Paralleluniversum, wie sie es inzwischen für sich nannte. Sie ging in ihr Zimmer, legte Tasche und Jacke ab und schlüpfte in den weißen Kittel. Dabei schaute sie in den Wandspiegel und war durchaus zufrieden mit dem, was sie sah. Für ihre 59 Jahre hatte sie sich gut gehalten. Die immer noch drahtige, sportliche Figur, die markanten Gesichtszüge und ihre Kurzhaarfrisur bewirkten, dass sie von allen deutlich jünger geschätzt wurde.

Wie jeden Tag begann sie in der Küche und deckte den Tisch. Milch, Brot, Butter, Marmelade und auf Wunsch Torbergs auch Leberwurst. Das in der Stille deutlich vernehmbare Gluckern der Kaffeemaschine und der durch die ganze Wohnung ziehende Duft lockten die Herren nach und nach aus ihren Betten. Fried und Zweig waren die Ersten. Ella begrüßte sie und ging zu Perutz und Torberg, um Blutzucker zu messen und Insulin zu spritzen.

Wie jeden Tag fragte Perutz dann am Frühstückstisch nach dem Extrablatt, der Gratiszeitung, die sie immer aus der U-Bahn mitbrachte. In den Händen von Perutz, der mit Jeans, Hemd und schlanker Hornbrille für Ella den typischen Intellektuellen verkörperte, wirkte das billig gemachte Extrablatt zwar wie ein Fremdkörper, er aber schien darüber erhaben zu sein. Er kratzte sich den kahlen Schädel und starrte fasziniert auf die Titelseite. „Einst hatten die Zeitschriften so viel Geist wie die Leute, die sie schrieben. Heute haben sie so viel Geist, wie jene, die sie lesen. Kinder, das ist ein furchbarer Unterschied! Von dieser Zeitung bekomme ich jedes Mal Pickel, Augenkrebs und Gehirnausschlag. Fräulein Ella, können Sie bitte dem Doktor Hietzinger sagen, er möge das in unsere Krankenakte aufnehmen."

Es war schon merkwürdig, dieses kleinformatige Blatt spielte eine ganz besondere Rolle in der WG. Über eine Annonce in ihm hatte Ella den Job als Betreuerin gefunden. Dieses Blatt stellte die Verbindung zur Außenwelt dar und hatte es spaßeshalber sogar schon in einen der Zeitungshalter am Garderobenständer des Kaffeehauses geschafft. Es war Ausgangspunkt für endlose Diskussionen über das grässlich niedrige Geschmacksniveau im Allgemeinen und den Untergang des Journalismus im Besonderen. Ella hatte den Eindruck, die fünf Herren benötigten das Gratisblatt als leuchtendes Negativbeispiel, um ihren eigenen literarischen Stellenwert stets aufs Neue zu betonen.

Heute begann Perutz mit folgenden Worten: „Hier, Torberg, das musst du lesen, geradezu vorbildliche Formulierungskunst gepaart mit höchstintellektuellem Informationsgehalt: Kein Kotelett – Mann (38) startete Amokfahrt."

Torberg antwortete: „Ist das verwunderlich? Wenn du nichts zu essen bekommst, wirst du zum Berserker."

Darauf Perutz: „Furchbar ... ganz furchbar, Fried, mach ein Gedicht draus!"

Sofort ratterte Frieds Lyrikmaschinerie, um ein frisches Kunstwerk auszuspucken.

Die Herren applaudierten, lediglich Torberg hatte etwas auszusetzen: „Auweia, das Versmaß!"

Fried wies den Vorwurf empört zurück: „Das ist modern, so dichtet man heute. Rilke und Hofmannsthal sind out."

Wieder Torberg: „Der ist doch nicht ganz dicht."

„Nein, Dichter", korrigierte Perutz.

Da Torberg diese Schlagfertigkeit nicht steigern konnte,

wechselte er das Thema. „Sag, wie geht's eigentlich mit deinem Opus Magnum voran?"

Perutz schaute ihn fragend an. „Ob ich dir noch ein Brot geben kann? Selbstverständlich, gern."

„Wie es mit deinem Opus Magnum vorangeht", wiederholte Torberg etwas lauter.

„Ach so, naja, mühsam. Ich muss erst wieder reinkommen."

„Und du, Zweig, wie steht's bei dir?", wandte sich Torberg an Zweig. Aber mehr als ein undefinierbares Grummeln war ihm nicht zu entlocken. Zweig war immer noch nicht gesprächiger geworden. Wahrscheinlich war er der Meinung, dass schon alles gesagt worden sei in diesem Leben und auf dieser Welt. Und während sich das Frühstücksgespräch um die geplanten, großen Werke drehte, machte sich Ella daran, den fünften der Herren zu wecken.

Wie fast jeden Tag schlief Doderer auch heute etwas länger, und wie immer war ihm sein geliebter Hut über die Augen gerutscht. Dieser Hut gehörte zu seinem Gesicht wie das Gesicht zum Hut. Begrenzte bei anderen Herren eine Glatze das Gesicht nach oben, war es bei Doderer der Hut. Man hatte das Gefühl, dass er beim Hutabnehmen eher den darunter befindlichen Kopf mit abnehmen würde, als dass der Hut sich von diesem trennen könnte. Zum Glück nahm er ihn nie ab. Nicht einmal beim Schlafen verlor er ihn. Im Gegenteil, nachts schien der Hut bemüht, Doderer noch liebevoller zu behüten.

„Guten Morgen, Herr Doderer, Zeit zum Aufstehen!" Ella zog die Vorhänge auf. Langsam reagierte Doderer und schob sich den Hut aus dem Gesicht.

„Guten Morgen", erwiderte er.

Ella half ihm beim Waschen und Anziehen. Danach manövrierte sich Doderer in seinen Rollstuhl. Er war in letzter

Zeit recht bequem geworden und so ließ er sich von Ella in die Küche chauffieren, obwohl er dafür eigentlich keine Hilfe benötigte.

Am Frühstückstisch drehte sich inzwischen alles um das Opus Magnum von Fried.

„Du musst aufhören zu dichten und einfach anfangen richtig zu schreiben, dann geht auch was weiter“, empfahl Torberg.

„Was richtiges Schreiben ist, das lass bitte meine Sorge sein. Und wenn schon das Leben kein Gedicht ist, sollte man wenigstens eines draus machen“, erwiderte Fried. „Außerdem geht mir die Prosa nicht so leicht von der Hand. Das könnte aber auch an meiner Schreibmaschine liegen. Derzeit leidet sie an einem seltenen Gebrechen. Sie schafft es einfach nicht, die volle Breite einer Seite auszunutzen. Spätestens nach dem sechsten Wort springt sie in die nächste Zeile und fällt so automatisch in den Gedicht-Modus zurück.“

„Siehst du, sag ich ja immer, diese hinterhältigen Objekte sind beseelt“, mischte sich jetzt Doderer in das Gespräch ein. „Manchmal wollen sie uns wirklich Böses. Erst gestern wieder hat mich mein Rasierapparat am Ohr gezupft!“

Ella liebte diese Gespräche. Sie waren kurzweilig und einfallsreich, manchmal tiefsinnig, oft einfach nur amüsant.

Wenn Ella gewusst hätte, dass diese unbeschwerte Zeit bald enden würde, hätte sie die anstehenden Hausarbeiten sicher mehr genossen. Denn wie jeden Tag folgte nach dem Frühstück die Putzrunde mit Aufräumen, Aufwischen, Wäsche waschen. Ella begann im museumsartigen Zimmer von Zweig. Hier tummelten sich Handschriften von Balzac, Nietzsche, Rilke und Freud, Noten-Manuskripte von Bach bis Schubert sowie Skizzen von Leonardo da Vinci. Auf einem Schreibtisch von Beethoven lagen stets ein Stoß Papier und seine Füllfeder mit der geliebten, violetten Tinte bereit. Darüber hing „King John“, eine Bleistiftzeichnung von William

Blake. Um Zweig aus der Reserve zu locken, hatte Ella ihm einmal eine Pappkrone von Burger King mitgebracht. Wortlos wurde sie auf die rechte obere Ecke des Bildes geklemmt.

Das Gegenteil von schweigsam war Torberg. Er hörte sich selbst nur allzu gern reden, unter anderem über Sport, das Wesen des Spiels und den Teamgedanken. Passend dazu hatte er eine Ecke seines Zimmers mit Fußball-Souvenirs und Fan-Artikeln geschmückt.

Bei Perutz wiederum galt es, ein Schränkchen mit Vorhängeschloss zu beachten. Es war für Ella „tabu", wie er immer wieder betonte. Perutz neigte überhaupt zum Sonderlichen. Er hatte das Schwimmen gegen den Strom zu seinem Wahlspruch erhoben und ihr auch stolz sein Siegel mit den Worten „contra torrentem" gezeigt.

Am liebsten mochte Ella das Zimmer von Doderer. Einerseits wegen der schönen Aussicht auf den Garten und einen prächtigen, alten Magnolienbaum. Andererseits weil es am einfachsten zu putzen war, denn es war hell und leer.

„Ich möchte es mit meinen Gedanken füllen können wie eine Bühne", hatte Doderer einmal theatralisch verkündet und gleich hinzugefügt: „Fräulein Ella, können Sie dann bitte im Postkasten nachschauen, ob vielleicht eine Nachricht wegen des Nobelprrreises gekommen ist, Sie wissen schon."

Ja, Ella wusste inzwischen, dass er noch immer insgeheim hoffte.

Fehlte nur noch Fried. Aber bei ihm gab es nicht viel zu tun. In seinem Zimmer herrschten dermaßen chaotische Zustände, dass an Saubermachen gar nicht zu denken war. Alles war vollgestellt mit Büchern, Zeitschriften, Manuskripten und überquellenden Kartons, wackelig aufeinandergetürmt und in jede verfügbare Ecke gestopft. Und neben der Tür lehnte sein Plastiksackerl, in dem er immer die dringend benötigten Dinge des Lebens mit sich herumtrug.

Alibihalber schob Ella einen Bücherstapel ein paar Zentimeter aus dem Weg und verließ das Zimmer, um sich den weiteren Aufgaben zu widmen.

Erst zum Mittagessen trafen sich alle wieder am Küchentisch.

Wie jeden Tag zog sich Ella danach in ihr Zimmer zurück. Sie löffelte ein Joghurt und fragte sich, woran die Herren wohl in diesen Stunden nach dem Mittagessen dachten, in denen sie nicht arbeiteten, aber auch nicht schliefen. Was ging in ihren Köpfen vor? Vergnügten sich dort Erinnerungen an vergangene Liebschaften, Reisen, Erfolge und Momente des Glücks? Wurden Pläne gewälzt, gab es eine Liste an Dingen, die noch erledigt werden wollten? Wurde über den Anfangszeilen der Bücher gebrütet? Oder war da einfach nur ein verlängerter Moment des Nichts, in dem der eine Gedanke bereits gegangen war, aber der nächste noch nicht gekommen, als hätte man ausgeatmet, aber noch nicht wieder eingeatmet? Ella überlegte, ob dieser Moment wohl mit fortschreitendem Alter immer länger dauern würde, irgendwann sogar länger als das Vorher und Nachher und ob das dann der Tod wäre.

„Ich glaube, dass die Herren über ihre Bücher nachdenken."

„Na hoffentlich", meldete sich die Kopftochter, „hoffentlich schreiben sie noch einmal Bestseller und du wirst berühmt, weil du sie dabei unterstützt hast. Vielleicht kannst du sogar am finanziellen Erfolg mitnaschen."

„Mir reicht es, ihnen behilflich zu sein und einen angenehmen Lebensabend zu ermöglichen."

„Du bist viel zu bescheiden! Was hast du denn in deinem Leben schon erreicht? Karriere kann man das nicht nennen. Du musst auch an später denken!"

Da war natürlich etwas dran, denn das Letzte, was sie von ihrer privaten Altersvorsorge gehört hatte, klang recht bedenklich.

Ella beendete ihr Joghurt. Sie wollte sich jetzt nicht mit einer ungewissen Zukunft beschäftigen, sondern lieber damit, den anfänglichen Arbeitseifer und das Feuer der Herren wieder zu entfachen. Und sie wusste auch schon, wie.

10. JÄNNER

Die Zihals saßen in ihrem Wohnzimmer auf dem Sofa. Der Anlass dafür, dass sie extra den Schonbezug entfernt und sich dort niedergelassen hatten, waren Fotos. Ihr Sohn hatte sie geschickt. Sie zeigten den frisch eingetroffenen Nachwuchs, Zwillinge.

„Mein Helmut, jetzt hat er schon fünf Kinder", ließ die Herrin des Hauses, ein blond gefärbtes Wesen im besten Alter, stolz vernehmen. Sie war von korpulenter Statur und drückte Zihal wenn nicht an die Wand, so doch zumindest an den äußersten Rand des Sofas. Seine dürre, knochige Gestalt füllte gewissermaßen nur den Raum, den ihre Rundungen übrigließen. Auch seine geistige Freiheit beschränkte sich auf das, was die Dominanz seiner Gattin zuließ.

„Fünf Kinder, Hasi! Und du? Nur ein einziges."

„Immerhin den Helmut ..."

„Fünf Kinder", wiederholte sie, „da wird er jetzt eine größere Wohnung brauchen. Du hättest die unter uns im Mezzanin niemals hergeben dürfen!"

„Sie stand doch leer und du wolltest ..."

„Ja, aber jetzt brauchen wir sie. Sag mal, Hasi, wie sind eigentlich die Alten da unten? Können die nicht wieder raus?"

„Du stellst dir alles immer so einfach vor ..."

„Ist es auch. Man muss nur machen. Mein Papa, Gott hab ihn selig, hat immer etwas gemacht. Sonst hätte er es wohl kaum zu diesem Haus hier gebracht."

„Ich bin doch in Pension!"

„Ja, eben. Da hättest du genug Zeit. Den ganzen Tag spielst du nur mit deiner Modelleisenbahn und gehst mir auf die Nerven mit ‚die Schiene ist schon wieder verbogen' und ‚die Lok braucht neuen Lack'. Statt sinnlos herumzutun, könntest du mal die Fotos auf dem Schrank entstauben, die von meinen Eltern und unserer Hochzeit. Und wenn du schon dabei bist, die neuen vom Helmut und den Zwillingen in einen Rahmen geben und dazustellen."

„Wieso eigentlich ich?"

„Weil ich das schon mein ganzes Leben gemacht hab. Und du in Pension bist."

„Ich hab auch gearbeitet."

„Ach, Arbeit nennst du das? Statt dich um eine Beförderung zu bemühen, hast du doch nur Schmäh geführt und die Leute mit deinen Steuerbescheiden sekkiert."

„Das war ja die Arbeit."

„Und unfähig zu erreichen, dass wir weniger Steuern zahlen für unsere Mieteinnahmen, dabei haben wir so hohe Erhaltungskosten!"

„Aber mein Chef, der Schröcksbach ..."

„Lass bitte den Schröcksbach aus dem Spiel, das war wenigstens ein Mann."

„Die Antragstellungen waren immer rechtens formuliert ..."

„Papperlapapp. Jetzt könntest du zeigen, wozu du gut bist, indem du die nichtsnutzigen Künstler da unten wieder rauswirfst. Damit mein Helmut die Wohnung haben kann. Am besten noch vor Ostern!"

„Aber wie soll ..."

„Zum Beispiel so, wie du es beim Einzug auch getan hast, nur besser. Einfach reingehen, wir haben doch den Zweitschlüssel, und sie ordentlich drangsalieren. Immer wieder. Das schreckt die Alten sicher, dann kriegen sie Magengeschwüre und ziehen aus. Dass du nicht von selbst draufkommst, mein Gott! Rausekeln, Hasi, wir müssen sie rausekeln, ihnen die Hölle heiß machen, das kann doch nicht so schwer sein!"

„Und wenn du ...?“

„Ich? Aber geh! Ich darf das nicht, als Dame, so einfach bei denen reinplatzen. Schließlich hat man einen Ruf zu verlieren, wenn man aus gutem Hause kommt. Aber bei dir ist es egal, Hasi. Du hast eh kein Benehmen.“

„Aber ...“

Zihals bessere Hälfte oder, wie er sich eingestehen musste, seine besseren Vierfünftel hatten ihn auf dem Sofarand sitzen lassen und waren in die Küche gestampft.

15. JÄNNER

Im Kaffeehaus hatte es sich ganz von selbst etabliert, dass Ella den Herrn Ober spielte. Dazu gehörte, dass sie den Kaffee mit einem höflichen „Bitte sehr!“ servierte und nur bei Bedarf leise ein paar Worte wechselte. Diesen Nachmittag aber, als alle mit Kaffee versorgt waren und Perutz soeben eine Partie Schach mit Zweig beginnen wollte, fragte sie laut in die Runde: „Wie geht's eigentlich mit Ihren Büchern voran? Könnten Sie mir einmal etwas daraus vorlesen? Ich bin schon so neugierig!“

Überrascht und befremdet schauten die Herren auf, sich dann gegenseitig an, bevor Torberg erklärte: „Freilich, Fräulein Ella, das lässt sich einrichten, wir werden uns diesbezüglich besprechen.“

Das war mehr, als Ella erwartet hatte und sie antwortete mit einem erfreuten: „Oh danke!“

Als sie dann gegangen war, fragte Torberg: „Habt ihr etwas zum Vorlesen für Fräulein Ella? Ich finde, wir sollten ihr den Wunsch erfüllen!“ Schnell verleibte er sich ein Leberwurstbrot von der kalten Platte ein, die Ella für den späteren Abend vorbereitet hatte.

Doderer räusperte sich. „Nun ja, ich zweifle noch, ob der Einstieg, so wie ich ihn einer Schmetterlingslarve gleich im Kopf mit mir herumtrage, dem entspricht, was auf dem Papier steht, und ob Worte überhaupt in der Lage sind, die ganze Tragweite des Ungesagten ... Zweig, wie machst du das, du bist doch Experte auf diesem Gebiet, wie fasst du in Worte, was ungesagt gesagt werden soll?“

Der stets elegant gekleidete Zweig wühlte in der Tasche seines Anzugs, als ob er nach einer Antwort suchen würde, zog dann ein Stofftaschentuch hervor und antwortete: „Hmmm.“

Während er sich die Nase putzte, empfahl Fried, das Opus Magnum auf Zeilen von maximal sechs Wörtern zu verdichten, das wäre seine Methode, aber er hätte auch erst knapp die Hälfte der ersten Zeile vollendet, also beinahe drei Wörter, diese seien allerdings herrlich paradox, jedoch wolle er es Fräulein Ella noch nicht vortragen, weil sie damit dann doch überfordert sein könnte.

„Ein Problem ist auch, dass einem die Zeit fehlt", erklärte Torberg. „Der Tag ist einfach zu kurz. Hier im Kaffeehaus entstehen die Ideen, hier ist die Zeit, wo sie wachsen und gedeihen, bloß wann kommt man dazu sie niederzuschreiben, ja doch maximal in der Nacht."

Doderer schloss sich an: „Ständig wartet man auf die Muße und den Kuss der Muse. Ist dann aber so ein süßes Mußestündchen angebrochen, fährt die Zeit mit sich steigerndem Tempo davon. Wie ein Zug, den man am Bahnhof versäumt."

„Aber wir, die wir unsterblich scheinen und also die Zeit hätten, müssen wir uns nicht vorwerfen, sie durch Nichtstun zu vergeuden?", gab Perutz zu bedenken.

„Ist es denn unsere Schuld, unsterblich zu sein? Wir können doch nichts dafür, dass die Leute unsere Werke lesen", wehrte sich Torberg.

„Schuld nicht", erwiderte Perutz, „eher Verdienst, man ist ja erst wirklich tot, wenn niemand mehr an einen denkt."

„Und warum denken die Menschen an einen?", hakte Fried ein, „Weil man kämpft, weil man für etwas steht, das die Menschen fasziniert, weil man bereit ist sein Leben zu opfern für ein höheres Ideal. You have to fight!"

„Für die Unsterblichkeit würde ich alles geben, sogar mein Leben", gab Doderer daraufhin zum Besten.

„Mit den höheren Idealen meinte ich eher so etwas wie Freiheit, Toleranz, Gerechtigkeit oder Nächstenliebe und nicht die Unsterblichkeit. Unsterblichkeit ist eines dieser Unwörter, die ich gar nicht mag, so wie Unmenschlichkeit, Unbarmherzigkeit, Unart, Unsinn. Genau dagegen müssen wir mit spitzer Feder ankämpfen. Das ist der Kampf, der sich lohnt, der uns am Leben hält, der Kampf gegen das Un!"

„Unordnung", sagte Zweig.

„Ha, der Mundtote versteht es, komplexe Sachen auf den Punkt zu bringen", hatte Doderer seinen Spaß an der Bemerkung, die das Chaos in Frieds Zimmer aufs Korn nahm.

„Und du machst dich immer nur über alles lustig!", giftete Torberg, um sich dann an die anderen zu wenden: „Beim Doderer habe ich das Gefühl, ihm kann gar nichts passieren, weil er nichts ernst nimmt, weil er Unangenehmes nicht einmal ignoriert, weil er sich die Dinge schönsäuft mit Kaffee, Tee und allfälligen hochgeistigen Getränken. Man sieht das schon an seinem Schreibstil. Auch da überwiegt der Spaß an fein ziselierten Formulierungen die tiefgründige Bedeutung des Inhalts."

Doderer schnaubte kurz und hob die Hutkrempe, um etwas Zorn abzulüften. „Und selbst? Du bist doch nur so alt geworden, weil der Tod es bisher nicht geschafft hat, deinen Redefluss zu unterbrechen. Eine kongeniale Taktik, den Gevatter einfach nicht zu Wort kommen zu lassen." Und schnell, noch bevor Torberg etwas erwidern konnte, fuhr er fort: „Ganz im Gegensatz zu Zweig übrigens, der hat sich der Alterskontrolle geschickt entzogen, indem er aus dem Zug der Zeit ausgestiegen ist und hinter sich den Mund geschlossen hat."

„Wir ja auch", stellte Perutz fest, „wir alle sind aus der Zeit ausgestiegen, aber ...", er richtete sich auf und wurde bestimmt, „wir müssen schreiben. Nur durch unsere Kunst können wir unsterblich bleiben."

„An mir soll es nicht liegen." Torberg strich sich selbstgefällig die Haare zurück.

„Hört, hört, der gescheite Herr Torberg weiß, wie's geht", spottete Doderer. „Dann soll er doch einmal vorlesen, was seiner Feder entsprungen ist, der Herr Torberg. Oder stimmt es, was die Branche munkelt, dass er den letzten geraden Satz einst im vorigen Jahrtausend verfasst hat? Wenn er so viel schreiben täte wie reden, befänden wir uns schon inmitten einer gut sortierten Bibliothek!"

Torberg stand auf, griff sich einen Krug Wasser vom Tisch, goss damit Doderers Hut wie eine Zimmerpflanze und fauchte: „Ja, früher habe ich mehr geschrieben. Und ich verrate dir auch, woran es liegt. Früher hatte ich noch echte, hilfreiche Freunde, mit denen man diskutieren und über erste Ansätze und Ideen philosophieren konnte, aber hier will ja jeder nur sein eigenes Ding machen!"

„Ach, jetzt sind wir schuld, dass der Herr Torberg nichts zustande bringt", erwiderte Doderer. „Und wobei auch helfen? Ist ja schon damals nichts Grandioses herausgekommen ... außer den Übersetzungen vom Kishon vielleicht."

„Bei dir selbst doch auch nur langatmiges, tausendseitiges Geschwafel", mischte sich Fried ein. „Betrachtest du das etwa als grandios? Dann doch wohl eher meine tiefsinnige, achtsame und zutiefst menschliche Lyrik!"

Das brachte Doderer zum Aufbrausen: „Aber ich hätte fast den Nobelpreis! Nur mein barbarischer Irrtum ...!"

„Ach Gottchen, ja, wenn nur diese dumme Jugendsünde nicht passiert wäre", sagte Torberg und schon wurde Doderer wieder leise.

„Irgendwann muss aber auch einmal Schluss sein!", maulte er und wie Tränen rann ihm das Wasser, das inzwischen durch den Hut gesickert war, die Wangen herunter. „Wie ihr wisst, habe ich schon Anfang 1937 meine Dummheit erkannt und keinerlei Sympathien mehr für die Welt des Nationalsozialismus gehegt."

„Schön, dass du deine Dummheit eingesehen hast, aber es war nicht nur dumm, es war auch berechnend und deiner Karriere förderlich", meinte Perutz, „denn wir sind verbrannt worden und du nicht."

„Ihr auch nicht, nur eure Bücher."

„Das sind ja wir. Man hat uns die Zunge verbrannt und die Sprache genommen. Zweig ist jetzt noch sprachlos. Und wenn deine Nazis nicht gekommen wären und ich weiterschreiben hätte können, dann hätte jetzt ich den Nobelpreis! Denn das war wenigstens noch Literatur. Was heutzutage den Nobelpreis kriegt, ist ja skandalös!"

„Was? Du den Nobelpreis? Sei nicht kindisch!", wurde Doderer herablassend. „Der Perutz mit seinen historischen Romanen, völlig überbewertet!"

Nun war es an Perutz, aus der Haut zu fahren: „Hast du überhaupt je einen davon gelesen, du Dilettant? Deine Bücher sollte man einmal verbrennen oder zumindest beim Fenster rauswerfen! Dann schauen wir, was du sagst!" Schon stand Perutz beim Bücherregal und hatte Doderers Wälzer *Die Dämonen* in der Hand.

„Wehe, ich warne dich! Weißt du, wie lange ich daran geschrieben habe? Weißt du das, du mieser Schmierfink? Wie viel Schweiß zwischen den Zeilen steckt? Wenn du auch nur eine Seite beschädigst, was sag ich, ein einziges Wort, und ich kenne sie alle, in und auswendig, dann ...!", drohte Doderer und versuchte, Perutz die Dämonen zu entreißen. Im folgenden Handgemenge, aus dem sich lediglich Zweig heraushielt, die anderen sich dafür um so heftiger engagierten und Fried auch zum Stockeinsatz kam, wurde es laut. Sehr laut.

Im 1. Stock über der WG saßen die Zihals vor dem Fernseher und schauten *Aktenzeichen XY ... ungelöst.*

„Hörst du das, Hasi? Die Alten da unten randalieren schon

wieder. Die ekeln sich selber raus. Wir müssen nur runtergehen und etwas nachhelfen", stieß Frau Zihal ihren Gatten in die Seite, als unten ein Fenster aufgerissen wurde. Noch kräftiger war der Lärm jetzt zu hören. Zihal, der durch langjährige eheliche Schulung wusste, dass er gemeint war, wenn „wir etwas machen müssen", versuchte auszuweichen: „Achthundertzweiunddreißig."

„Achthundertzweiunddreißig was?"

„Achthundertzweiunddreißig schlaflose Minuten haben sie uns schon beschert."

„Du immer mit deinen Zahlen!"

„Aber das reicht noch nicht, es müsste noch mehr ..."

Wie auf Befehl steigerte sich der Krawall in der unteren Etage. Dann ein Schrei: „Hände weg oder ich bring dich um!"

„Versuchs doch. Mal sehen wer hier wen umbringt!"

„Mörder! Mörder!"

„Loslassen, Hilfe, tu's nicht!", folgte ein schrilles Wimmern.

Erschrocken griff Zihal zum Telefon. „Ich gehe nicht runter, ich ruf die Polizei." Er war vielleicht ein Angsthase, aber kein Idiot.

Von unten Gebrüll: „Ich hab dich gewarnt, ich bring dich um!" Dann ein lautes Krachen.

Danach gespenstische Ruhe.

Zihal flüsterte ins Telefon: „Schnell, Sie müssen kommen. Hier ist gerade ein Mord passiert!"

Der Alarm erreichte Gruppeninspektor Bommer, als er gerade nach Hause gehen wollte. Missmutig informierte er seine Frau, dass aus dem gemeinsamen Abendessen nichts werden würde.

In der WG betrachteten die Herren das umgestürzte Bücherregal. Überall lagen ihre Bücher verstreut.

„Tief sind wir gefallen", stellte Torberg fest. „Jetzt streiten wir uns schon bis aufs Blut, wer anno dazumal besser geschrieben hat, statt hier und heute endlich Tinte fließen zu lassen."

Nachdenklich und als ob es nicht die geringste Zwistigkeit gegeben hätte ließen sie sich am Marmortisch nieder. Dort kam Fried auf das ursprüngliche Thema zurück: „Wenn wir so weitermachen, wird Fräulein Ellas Wunsch für immer unerfüllt bleiben."

„Somit befindet sie sich in bester Gesellschaft", merkte Doderer an, „denn auch ich trage schon immer einen unerfüllten Wunsch in mir herum."

„Und zwar?", war Torberg neugierig.

„Was ich mir wirklich wünschte: Viel Geld für sexuelle Exzesse und Saufen bis zum Untergang."

„Doderer, du bist keine hundert mehr!"

„Und darum darf ich keinen Spaß haben?"

„Doch, natürlich! Zweig, kannst du ihm ein bisserl Geld borgen?"

Zweig, von dem alle annahmen, dass er im Gegensatz zu ihnen, die stets ein wenig klamm waren, über Reserven verfügte, wurde nahezu ausführlich: „Sonst noch was?"

„Ja. Ich würde lieber gut essen als saufen", äußerte Torberg seinen Wunsch, „und auf meinem Grabstein soll einmal stehen ‚Essen war seine Lieblingsspeise'." Er unterstrich das Gesagte, indem er sich das durchaus ansehnliche Bäuchlein rieb. Alle lachten, die gute Stimmung war wiederhergestellt. Perutz fügte noch hinzu, dass sein großer Wunsch ein Grab im Kaffeehaus wäre, umgeben vom Rauch der Zigaretten und im Duft des schwarzen Kaffees.

Daraufhin genehmigte sich Fried seine Genusszigarette. Er hatte tatsächlich die Ankündigung wahr gemacht und sich das Rauchen angewöhnt. Eine pro Tag, immer zur Vorleserunde abends im Kaffeehaus.

„Wer ist der Erste?", eröffnete Torberg den Schwerpunkt

der täglichen Sitzungen. „Zweig, du vielleicht, du hast dich heute ja schon in Fahrt geredet."

Und sie begannen sich Textpassagen aus ihren Werken vorzulesen, wobei es immer Bücher von Mitbewohnern sein mussten, nie die eigenen. So bewiesen sie sich gegenseitig Respekt und gewährten sich die gern gespürte Prominenz. An diesem Abend las Zweig etwas von Fried, die komprimierten, knappen Gedichte kamen seiner Kurzsilbigkeit entgegen. Danach las Torberg eine Passage aus Doderers *Strudlhofstiege*, die ihm besonders gut gefiel, weil sie für ihn das Herzstück des Romans darstellte. Sie endete mit den Worten: „Hier schien ihm eine der Bühnen des Lebens aufgeschlagen, auf welchen er eine Rolle nach seinem Geschmacke zu spielen sich sehnte, und während er die Treppen und Rampen hinabsah, erlebte er schnell und zuinnerst schon einen Auftritt, der sich hier vollziehen könnte."

Mitten in den letzten Satz hinein mischten sich Polizeisirenen. Kurz darauf läutete und polterte es an der Wohnungstür: „Aufmachen, Polizei!"

Irritiert schauten sich die Herren an, dann schlurfte Torberg mit seinem Rollator ins Vorzimmer, um zu öffnen. Als Erstes blickte er in das angespannte, schwitzige Gesicht von Gruppeninspektor Bommer, einem bierbäuchigen Mittsechziger. Dann auf zwei Kollegen von der Sondereinheit, die Waffen schussbereit im Anschlag. Torberg machte zwar noch den Mund auf, sagte aber lieber nichts.

War ja klar, wieder einmal ein Fehlalarm, dachte Bommer angesichts des hochbetagten Herrn mit Rollator. Müde leierte er herunter: „Inspektor Bommer, Kripo Wien, guten Abend. Wir wurden alarmiert, dass hier bei Ihnen womöglich eine Straftat ..."

„Sieh da, der Freund und Helfer", hatte Torberg sich gefangen, „immer auf der Suche nach Kundschaft. Aber hier bei uns werden Sie keine Straftäter finden."

„Angeblich wurde ‚Mörder' geschrien und um Hilfe gerufen." Bommer deutete als Quelle der Angaben auf die im sicheren Hintergrund lauernden Zihals.

„Sie können gern hereinkommen und sich selbst überzeugen. Das Einzige, was wir totschlagen, ist die Zeit. Aber wo Sie gerade da sind, uns ist das Bücherregal umgefallen und wir sind ja nun doch nicht mehr die Jüngsten, könnten Sie vielleicht ...?"

Bommer machte eine auffordernde Kopfbewegung zu den Kollegen und während diese das Regal im Kaffeehaus aufrichteten, vergewisserte er sich, dass in der Wohnung tatsächlich keine Leichen versteckt waren. Der einzige Hinweis auf Gewalteinwirkung war eine blutige Schramme auf Doderers Nase.

„Was ist das?" fragte Bommer routinemäßig.

„Ein Buch draufgefallen, ein gewichtiges, die *Dämonen*", antwortete Doderer stolz.

„Ah so. Na dann. In Zukunft bitte die Möbel tagsüber arrangieren", verabschiedete sich Bommer und die Zihals schlichen in ihre Wohnung zurück.

16. JÄNNER

Die Herren saßen beim Frühstück und ereiferten sich wie gewöhnlich über die nicht vorhandene Qualität des Extrablatts. Massive Volksverdummung sei das und es würde noch einmal in einem allgemeinen Analphabetismus enden. Wer würde dann überhaupt noch in der Lage sein, ihre Bücher zu lesen, geschweige denn, sie zu verstehen und zu würdigen?

„Hört euch das mal an: ‚Mann warf jungen Hund in die Mülltonne'", las Torberg vor. „Einfach unmenschlich! Fried, das schreit nach einem Gedicht. Fräulein Ella, können Sie ihm bitte ein Paradoxon geben?"

Und Fried fing schon an. Das war genau sein Thema. Er erhob sich und seine kräftige Stimme tönte durch die WG:

„Kann ein Wurm unwürmlich sein?
Eine Fliege unfl ieglich?
Ein Hund unhündlich?
Selbst ein Schwein
kann nicht unschweinlich sein.
Nur der Mensch kann,
Weil er ein Un ist."

„Bravo Fried!", folgte der spontane Beifall, da marschierte, wie von oben befohlen, der Vermieter Zihal zur Tür herein. Zum Beweis seiner Macht hielt er sich am Zweitschlüssel fest. Am Küchentisch angekommen, schnarrte es wie bei einem amtlichen Nummernausgabeautomaten unter seinem zuckenden Schnauzer hervor: „Dies ist ein anständiges Haus ... meine Frau auch ... die Hausordnung, ist zu befolgen ... und die letzte Miete ... auch noch nicht gezahlt!"

„Herr Zihal, was ist denn ...", griff Ella ein, aber Zihal schnarrte schon weiter: „Was los ist, wird gefragt? Ein Mordsgeschrei die ganze Nacht, das ist los. Die reinste Mördergrube

... hier unten und man muss darüber ... wohnen!" Und dann führte er lückenlos auf: „Zweimal wurde ‚Mörder' geschrien, korrektens? ... dreimal ‚Ich bring dich um!' ... einmal Fensteraufreißen, Möbelrücken ... und als Höhepunkt ... ein Riesenkracher! ... Weiters Sirenenlärm, ein Polizeieinsatz plus Sonderkommando ... Massenauflauf im Stiegenhaus ... eine schlaflose Nacht mal zwei ... gleich 960 Minuten ... macht zusammen exaktens: Hausfriedensbruch! Die Polizei kommt wieder, darauf ist Gift zu nehmen! Sonst ..."

Ohne weitere Reaktionen abzuwarten drehte er sich um, marschierte mit zornesrotem Schädel hinaus und warf die Wohnungstür zu.

Kaum war die Tür geschlossen, fragte Doderer: „Fräulein Ella, wissen Sie was eine Glatzenwatschen ist?"

Ella konnte es sich zwar zusammenreimen, ihr Deutsch war ja sehr gut und auch viele Wiener Dialektausdrücke waren ihr geläufig, aber sie antwortete vorsichtshalber mit „nein".

„Das ist das, was ich dem Zihal demnächst applizieren werde. Mit der flachen Hand von unten nach oben, in etwa so ..." und er demonstrierte die fachgerechte Durchführung bedenklich nah am kahlen Kopf des neben ihm sitzenden Perutz, woraufhin dieser mit Verspätung, aber doch erschrocken zusammenzuckte, „... mit Schwung, flatsch, über die Glatze gezogen, das ist eine Glatzenwatschen. Da wird der Zihal schön schauen."

„Herr Doderer", Ella war um Beschwichtigung bemüht, „Herr Doderer, so kenne ich Sie ja gar nicht, beruhigen Sie sich doch! Und bitte, Herr Zweig, bezahlen Sie die Miete!"

„Ja", sagte Zweig, der diese Aufgabe für die WG übernommen hatte.

„So. Und was ist also letzte Nacht passiert, wieso die Polizei?", wollte Ella wissen.

„Gar nichts“, antwortete Torberg. „Nur eine etwas angeregtere literarische Debatte. Außerdem ist das Bücherregal umgestürzt und dabei ist wohl auch die Bemerkung ‚Mörder‘ gefallen.“

Ella hatte es nicht leicht mit den Herren. Alle besaßen ein ausgeprägtes Ego und oft brachen Konkurrenzdenken, Neid und Missgunst aus ihnen heraus. Sie gerieten sich leicht in die nicht vorhandenen Haare, aber ebenso leicht vertrugen sie sich wieder. Das konnten die Vermieter natürlich nicht wissen und die von der Polizei erst recht nicht. Deswegen sagte sie: „Bitte, meine Herren, passen Sie in Zukunft etwas auf. Der Zihal würde uns wohl gern gleich wieder auf die Straße setzen.“

„So ist das also“, grollte Fried, „wir sind alt und unerwünscht. Wir leben im toten Winkel der Gesellschaft, am liebsten will man uns nicht mehr sehen und nicht mehr hören, we have to shut up. Und wenn dann doch einer etwas von uns hört, so wie letzte Nacht der Zihal, dann schreit dieser Unmensch gleich nach der Polizei. Das ist eine Frechheit, das können wir nicht hinnehmen. Lasst uns die Friedhöfe besetzen, Urnen und Särge entführen und statt Lösegeld die Wertschätzung des Alters fordern! Lasst uns international Widerstand leisten! Senioren aller Länder vereinigt euch!“

Fried hatte sich immer mehr hineingesteigert. Bei den letzten Worten erhob er sich, ballte seine zittrige Patschhand zur Faust und reckte sie kampfeslustig in die Höhe.

„Schon gut, Herr Fried“, besänftigte ihn Ella. „Ich möchte nur, dass Sie vorsichtiger sind, schließlich gefällt es Ihnen doch in der WG und Sie wollen noch länger hier zusammen wohnen, oder?“ Und nach einer kurzen Pause, die dazu diente, das Thema abzuhaken, ergänzte sie: „Ich geh jetzt Rezepte vom Arzt holen und dann in die Apotheke, also bis nachher.“

„Bis nachher, Fräulein Ella!“, erwiderte Torberg für alle.

Bei ihrer Rückkehr wurde Ella bereits im Stiegenhaus mit lautem Gesang begrüßt. „Ich bin der Welt abhanden gekommen“, schallte es ihr entgegen, als sie in den Mezzanin hochhastete, die Wohnungstür aufschloss und zum Zimmer von Perutz stürmte. Dieser lag rücklings auf seinem Bett und erfreute sich an dem Lied von Gustav Mahler. Ella drehte die Musik ab. „Herr Perutz, bitte leise, der Herr Zihal!“

Perutz fuhr zusammen, dann sagte er: „Entschuldigung, Fräulein Ella, aber es kam mir gar nicht so laut vor.“ Ein inniger Blick erreichte Ella und schon konnte sie ihm nicht mehr böse sein. Sie hatte alle Herren gern, bei Perutz aber war es von Anfang an noch etwas mehr. Ein unausgesprochenes, verschwörerisches Verhältnis. Sie gab ihm hin und wieder einen freundschaftlichen Klaps auf die Schulter und er schaute sie verständnisvoll an, wenn sie an ihren Herren verzweifelte. Ihm erzählte sie manchmal auch Privates über Tochter oder Mutter und er hörte geduldig und mit Anteilnahme zu.

Jetzt tat es ihr schon wieder leid, ihn beim Hörgenuss gestört zu haben. Sie selbst liebte Musik, vor allem klassische, und sie hatte ihm sogar ein weiteres Stück nahegebracht. Zur Textzeile „Ich bin der Welt abhanden gekommen“ war ihr sofort die Bach-Arie „Ich habe genug“ eingefallen, ein wunderschönes Stück, das Perutz prompt in sein Repertoire aufgenommen hatte. Wenn er es spielte, machte sie sich allerdings immer Vorwürfe, die Lebensmüdigkeit gefördert zu haben. Andererseits konnte man dieses traurige Thema auch nicht immer verschweigen. Ella hätte sogar gern gewusst, was die Herren über den Tod dachten, und zwar ehrlich und nicht so selbstgefällig wie im Kaffeehaus üblich.

30. JÄNNER

Abends vor dem Gehen erkundigte sich Ella einmal mehr nach einem Probehäppchen aus den geplanten Meisterwerken.

„Wissen Sie, Fräulein Ella", sagte Torberg und zog an der Zigarette, „die Kostprobe ist sozusagen schon reserviert, als exklusive Vorpremiere speziell für Sie. Allerdings möchten wir uns zuvor noch untereinander abstimmen. Ein paar Tage wird es wohl noch dauern."

Ein paar Tage. Ella schüttelte heimlich den Kopf. Zeit war bei den Herren äußerst relativ. Aber immerhin, ihr Wunsch schien etwas zu bewirken. Sie überlegte, ob sie nachträglich ein Tagebuch beginnen sollte, und machte sich auf den Heimweg.

In ihrer Wohnung erwarteten sie die Katze und ein Anruf ihrer Mutter. Sie telefonierten öfter miteinander, trotzdem plagte Ella das schlechte Gewissen, zu wenig für ihre Mutter da zu sein. Das lag auch an den Vorwürfen, die sie jedes Mal zu hören bekam.

Warum hast du dir damals ein Kind von diesem Kerl anhängen lassen? Warum hast du dein Studium geschmissen? Warum hast du mich mit deiner Tochter allein gelassen? Warum, warum, warum? Ella konnte es nicht mehr hören. Und auch diesmal war es ähnlich.

„Wie geht es dir, Gabriela?"

„Ach, Mama, ich habe immer so viel zu tun, in meiner neuen Stelle ist es nicht leicht."

„Dann such dir endlich einen Mann, einen mit Geld. Du siehst doch noch gut aus!"

„Aber ich arbeite doch gern und die alten Leute brauchen mich."

„Jaja, um die Fremden kümmerst du dich. Aber deine eigene, kranke Mutter ist dir egal!"

„Mama, ich hab dir das schon tausendmal erklärt, hör bitte auf. Ich muss arbeiten, damit ich dir Geld schicken kann, für die Wohnung und deine Behandlung!"

„Du machst es dir einfach. Immer nur Geld schicken. Wann kommst du selbst wieder einmal nach Hause? Deine Tochter besucht mich regelmäßig!"

„Ich komme, sobald ich in dem neuen Job einigermaßen Fuß gefasst habe, vielleicht schon bald, demnächst ist ja wieder ein langes Wochenende."

„Um dann wieder kurzfristig abzusagen. Alles leere Versprechungen. Weißt du, Gabriela, du setzt deine Familie aufs Spiel. Deine Tochter hast du schon verloren. Und mich lässt du jetzt genauso im Stich!"

Die Telefonate verliefen immer gleich und die gelegentlichen Besuche in Krakau waren auch nicht besser. Ella ertrug die ewigen Vorwürfe nicht mehr. So gesehen kümmerte sie sich tatsächlich lieber um ihre Herren.

31. JÄNNER

„Doderer, jetzt mal ehrlich, hast du überhaupt schon begonnen mit deinem Opus Magnum?“, fragte Torberg.

Die Herren berieten sich in ihrem Kaffeehaus. Ellas Wunsch nach einer Kostprobe saß wie ein Stachel in der Wunde.

„Ich? Ich bin noch in der intensiven Planungsphase, das Werk befindet sich derzeit sozusagen auf dem Reißbrett“, umnebelte Doderer sein bisheriges Tun.

„Hast du denn schon irgendetwas geschrieben, vielleicht ein Vorwort oder eine Widmung?“, blieb Torberg am Ball.

„Naja, ein wenig schon, allerdings nichts Epochales, es handelt sich lediglich um Skizzen. Aber wie ist es denn bei euch, bei dir selbst zum Beispiel? Du redest immer so gescheit daher, wie schaut's denn mit dem Schreiben aus?“, ging er zum Gegenangriff über.

„Dafür muss ich ein wenig ausholen“, erklärte Torberg. „Mich bewegt seit Langem ein Thema, dass auch Perutz schon einmal sehr genial bearbeitet hat. Ich möchte es aufgreifen, allerdings modifiziert, in einem ganz anderen Zusammenhang und Licht ...“

„Ich hab's ja gewusst“, murmelte Doderer vor sich hin, „Literatur ist das, was ein Jud‘ vom anderen abschreibt!“

Es folgte eine kurze Schrecksekunde, aber dann gab's kein Halten mehr.

„So wird das nie was mit dem Nobelpreis!“, war noch das Geringste, was er zu hören bekam. Und das Ärgste klarerweise: „Nazi!“

Damit waren alle Dämme gebrochen und verbale Giftpfeile zischten kreuz und quer über den Tisch:

„Sozi!“

„Kommunist!“

„Zionist!“
„Monarchist!“
„Dogmatiker!“
„Schwachmatiker!“
„Logorrhoiker!,
„Pseudoautist!“
„Rabiater Pazifist!“
„Humanistendepp!“
Das Durcheinander war perfekt, wer was zu wem sagte, war nicht mehr feststellbar. Jeder versuchte die anderen mit mehr oder weniger gelungenen Kraftausdrücken zu übertrumpfen.
„Orthodoxer Tattergreis!“
„Verkalkter Volltrottel!“
„Süßstofflutscher!“
„Insulin-Junkie!“
„Schnabeltassentiger!“
„Rollstuhl-Schlurf!“
„Bloody coffin dodger!“
„Fetzenschädel!“
„Tschickurne!“
„Querulant, derrischer!“
„Blada Semmelknödel!“
Schließlich schrie Torberg in die Runde: „Schweinsschnitzel!“
Perutz traute seinen Ohren nicht: „Schweinsschnitzel?“
„Naja, ich hätt‘ halt einen Gusto“, erklärte Torberg.
„Immer dasselbe mit euch, nie kann man ein Thema in Ruhe zu Ende diskutieren!“, beschwerte sich Doderer und fügte verächtlich „Kaffeehauswappler!“ hinzu. Darauf folgte noch ein trotziges „Selber!“ von Torberg und schließlich ein fast schon zärtliches „Du ... Du ... Doderer Du!“ von Fried. Dann sahen sie sich an und lachten. Damit war Doderer von

allen Verdächtigungen freigesprochen und für den Rest des Abends nur noch der Dudodererdu ohne Wenn und Aber und schmückendes Beiwort.

„Ich stelle hiermit den Antrag, dem Dudodererdu bei uns Juden im Kaffeehaus politisches Asyl zu gewähren", wurde Fried förmlich.

„Angenommen, aber das genießt er doch schon seit er mit uns zusammenwohnt", bemerkte Torberg.

„So it is. Ein echtes Gewohnheitsrecht eben."

Der wiederhergestellte Friede währte aber nicht lange. Er wurde wie so oft durch ein „Furchbar ... furchbar" unterbrochen.

„Was ist denn jetzt schon wieder?", fragte Torberg.

„Ich möchte gestehen", erläuterte Perutz, „jetzt, nach diesem überaus konstruktiven Gedankenaustausch, ich möchte gestehen, dass auch ich bisher nur einen einzigen Satz zustande gebracht habe. Und ich fürchte fast, dass wir alle ...", Perutz schluckte verlegen, bevor er fortfuhr: „Was ist mit dir, Zweig, ist deine violette Tinte schon in Strömen geflossen? Und du, Fried, du nutzt doch die Schreibmaschine nur, um deinen Quadratschädel darauf auszuruhen. Besitzt du eigentlich keinen Kopfpolster? Wir sollten ihm einen Kopfpolster schenken. Wann hast du eigentlich Geburtstag, Fried?"

Und so war es denn auch. Keiner der Herren hatte seit Bestehen der WG irgendetwas Erwähnenswertes oder gar für Ella Vorlesenswertes zustande gebracht. So laut sie vorhin waren, so leise wurden sie jetzt.

„Stille ist das nicht vorhandene Zwitschern der Vögel", sinnierte Fried vor sich hin.

„Ich höre keine Stille", sagte Perutz.

„Weil du auch nie dein Hörgerät trägst!", rüffelte Torberg.

„Wir sind Kunstschaffende, die es nicht mehr schaffen", fasste Doderer schließlich die Situation zusammen. „Aber vielleicht soll es so sein, vielleicht sollen wir uns hier im Kaffeehaus einfach nur noch von den Strapazen des Lebens erholen. Vielleicht sollen wir uns dem Lärm der Welt entziehen, unsere Gelüste nach Ehre, Ruhm und Reichtum bezähmen und uns mit einfachen Genüssen wie intellektuell anregenden Gesprächen begnügen."

„Feierabend", ergänzte Perutz. „Zum Glück gibt's außer Schreiben noch andere wichtige Dinge im Leben. Pulver schlucken, im Bett liegen, die Dritten putzen, nichts tun. Das muss ja auch jemand machen."

„Auf zum finalen Siechtum im Wartesaal des Todes!", brach bei Fried noch schwach der Kampfstil früherer Zeiten durch.

Doderer faltete die Hände. „So lasst uns also die letzten schweren Schritte gemeinsam gehen."

„Gemeinsam gehen, wie denn, du im Rollstuhl?", wollte Torberg das letzte Wort haben. Aber über diesen Witz konnte keiner mehr lachen, am wenigsten Doderer.

Es dauerte ungefähr eine Zigarettenlänge, bis Perutz die harmonische Endzeitstimmung nicht mehr aushielt. „Moment mal", griff er den Faden wieder auf, „das ‚Gehen' war vielleicht nicht ganz korrekt, aber das ‚Gemeinsam', das hat was. Wenn jeder von uns für sich allein zu deppert ist, etwas Einzigartiges zu Papier zu bringen, warum versuchen wir es nicht gemeinsam?"

Torberg zögerte, aber schon hatte er den sportlichen Aspekt an der Idee entdeckt: „Klar doch, Leben ist ein Mannschaftssport. Allein haben wir keine Chance, aber als Team sind wir unschlagbar!"

„Sag ich ja, jeder von uns hat seine Qualitäten, und wenn wir alle an einem Werk schreiben, geht's auch schneller."

„Am Ende hätten wir also nicht fünf Opera Magna sondern ein Opus Magnum", stellte Fried fest.

„Ganz grrrandios, meine Herren. Aber das dürfen wir keinesfalls Fräulein Ella erzählen", verlangte Doderer. „Sie würde uns für faul und bequem halten. Sie ermahnt mich sowieso schon immer, den Rollstuhl mit eigener Muskelkraft vorwärts zu bewegen, statt mich schieben zu lassen!"

„Einverstanden, wir verraten Fräulein Ella nichts davon. Hauptsache wir schreiben. Gemeinsam." Zufrieden zündete sich Perutz eine neue Zigarette an.

Mit zunehmender Euphorie stiegen schnell wieder Lautstärke und Tabakkonsum. Durch die Rauchschwaden konnte man Doderer hören, der sich am zukünftigen Erfolg berauschte: „Ich spüre bereits, wie uns die Aura des Schöpferischen zu umgeben beginnt."

Torberg hatte auch schon einen Vorschlag: „Wir könnten einen Krimi schreiben, die sind heutzutage sehr gefragt."

„Aber dann brauchen wir mindestens eine Leiche, besser noch zwei oder mehr", gab Perutz zu bedenken.

„Wir bringen einfach jemanden um. In unserem Alter glaubt uns das sowieso niemand. Das perfekte Verbrechen."

„Genau, Torberg. Am besten den Gevatter, der stört eh nur."

Damit war auch Doderer einverstanden: „Von dem lassen wir uns nicht hinausschmeißen, von dieser Hose mit Ohren sicher nicht. Wann wir unser Kaffeehaus verlassen, entscheiden wir immer noch selbst!"

Nur Fried protestierte: „Ich als Menschenfreund, wir können doch nicht ..."

„Natürlich können wir!", unterbrach ihn Torberg. „Die meistgenutzte Mordwaffe nach dem Mundwerk ist schließlich die Schreibmaschine, hat die Tante Jolesch immer gesagt."

„Mein Gott", hilfesuchend richtete Fried seinen Blick himmelwärts, „muss dieser Anekdoteles immer das letzte Wort haben?" Worauf Torberg antwortete: „Woher soll ich denn wissen, dass du danach nichts mehr sagst?"

1. FEBRUAR

Bommer hatte noch nicht einmal seinen Mantel ausgezogen, da läutete schon das Telefon.

„Bommer“, meldete er sich.

„Herr Inspektor, Sie müssen einschreiten, wegen der Hausordnung. Meine Frau ...!“

„Wer spricht, bitte?“

„Zihal. Sie waren doch schon einmal bei uns. Letzte Nacht ist es wieder passiert. Da stimmt was nicht ... in der WG.“

Nichts liebte Bommer mehr als Anrufe, die erstens unangemeldet bei ihm landeten und bei denen er zweitens die falsche Adresse war. Mit Mühe blieb er höflich.

„Soso. Und was genau stimmt denn nicht?“

„Der Lärm. Ein Mordsgeschrei ...“

Jetzt aber versagte sein Zwang zur Höflichkeit. Bommer erklärte Herrn Zihal, dass er zwar für Morde zuständig sei, aber nicht für die akustische Variante dieses Delikts. Und dass er erst bei einem echten Mord wieder auf der Matte stehen würde. Solange Zihal einen solchen nicht zu vermelden hätte, solle er doch bitte die Differenzen direkt mit den Herren austragen.

Bommer legte auf, atmete tief durch und zog sich den Mantel aus. Zum Glück nur noch wenige Wochen bis zur Pensionierung.

In der WG fragte Perutz, als Ella nach dem Frühstück die Medikamente verteilte: „Na, Fräulein Ella, wie geht's der Mutter und der Tochter, alles in Ordnung?“

Sie antwortete, nicht ganz den Tatsachen entsprechend: „Ja, alles okay. Und bei Ihnen, wie war's gestern Abend im Kaffeehaus?“

„Ausgezeichnet, wir haben dem Doderer Asyl gewährt."

Das klang nach einer der üblichen Kindereien und so sagte Ella beiläufig: „Aha, warum denn das?"

„Er hat sich schon sehr gut integriert und spricht und schreibt zwar etwas skurril, aber hervorragend Deutsch, der Doderer."

„Genau genommen ist er sogar der österreichischste Dichter Österreichs", ergänzte Torberg.

„Und wir werden ihn erneut für den Literaturnobelpreis vorschlagen", fügte Fried hinzu.

„Apropos, Fräulein Ella, könnten Sie bitte im Postkasten nachschauen, ob eventuell ein Brief vom Komitee ...", setzte Doderer an, da stand wieder einmal Zihal unaufgefordert in der Küche. Mit rotem Kopf und all seiner gattingegebenen Autorität plusterte er sich auf und wollte die Rechnung für die letzte Nacht präsentieren. Weil er aber noch kurz nach Luft schnappte, konnte Torberg ihm zuvorkommen: „Ah, der Gevatter Tod, lange nicht gesehen, eine Schale Kaffee gefällig?"

Dann aber spuckte der zuckende Schnauzer die Zahlen aus: „Eine Unverschämtheit ... 14-mal politische Parolen, gebrüllt ... 23-mal unflätiges Fluchen ... mehrmals heftiges Stühlerücken mit Zerkratzen des Parketts ... jetzt schon 2194 schlaflose Minuten ... macht zusammen ... exaktens ... Verletzung des Anstands sowohl als auch Bruch des Hausfriedens ... alle rausschmeißen, delogieren ... der Krawall, ein Skandal, die Polizei, sonst ...!" Mit dem Schlüssel drohend drehte Zihal sich um und „Rumms!" fiel die Tür ins Schloss.

„Kann mich gar nicht erinnern, dass wir so viel konsumiert haben", stellte Doderer fest, „und laut ist er heute geworden, die feine Art ist das nicht."

„Selbst ohne Hörgerät einwandfrei zu verstehen", hob Perutz hervor.

„Der sieht gar nicht gesund aus, der Zihal“, fand Torberg, „tatsächlich wie der Tod persönlich. Fräulein Ella, haben Sie nicht ein Pulver für ihn, irgendwelche Reste von uns, vom Doderer zum Beispiel? Bei den Unmengen, die der immer schluckt, kann er ruhig ein bisserl was abgeben.“

Ellas Nervenkostüm war mittlerweile so dünn wie die Haut der Herren. Deshalb äußerte sie sehr eindringlich: „Es ist leider kein Spaß. Ich habe mich erkundigt. Zihals Frau hat das Haus von ihren Eltern geerbt und der Zihal glaubt seitdem, er sei die Hand Gottes. Am liebsten würden sie uns wieder aus dieser schönen Wohnung rausschmeißen. Die wäre nämlich ideal für ihren Sohn, der ist gerade zum vierten Mal Vater geworden, noch dazu von Zwillingen! Und Sie haben hier nur einen begrenzten Mietvertrag. Wenn Sie einen Kündigungsgrund liefern, gibt es die Fristlose.“

Gar nicht so sehr wegen der Bedrohung, sondern weil sie merkten, dass es Ella sehr ernst war, wurden die Herren still und Torberg meinte kleinlaut: „Wie schon die Tante Jolesch sagte, was kann schon aus einem Tag werden, der damit beginnt, dass man aufstehen muss.“

Das ewige Geschwätz wurde Ella jetzt zu viel, sie brauchte dringend etwas Abstand. Deswegen sagte sie: „Die Alkoholtupfer bei Herrn Torberg gehen zu Ende, ich muss kurz in die Apotheke.“

Hinter ihrem Rücken hörte sie noch Doderers Bemerkung: „Sag mal, Torberg, was machst du eigentlich mit den Alkoholtupfern, lutscht du die? Kannst du den Alkohol nicht aus der Flasche zu dir nehmen, wie andere zivilisierte Menschen auch? Nur deinetwegen muss das arme Fräulein Ella jetzt raus in die Kälte!“

Als Ella später bei ihrer Putzrunde auf eine verschmutzte Toilette stieß, war aus dem Zimmer von Perutz wieder einmal die Bach-Arie „Ich habe genug“ zu hören. Es gibt Situationen und Tage, wo das zutrifft, dachte sie. Für diesen Tag jedenfalls war ihr die Lust vergangen, nach einer Kostprobe der schriftstellerischen Meisterwerke ihrer Herren zu fragen. Sie beschloss, früher Schluss zu machen, stellte Abendessen und Medikamente auf den Tisch, ging in ihr Zimmer und zog sich um. Sie musste keine Arbeitskleidung tragen, die Herren bestanden nicht darauf. Aber heute war sie froh, mit dem Kittel auch das ganze Paralleluniversum an den Haken hängen zu können.

4. FEBRUAR

Im Kaffeehaus begann der Abend damit, dass Doderer zu spät kam, weil ihm tatsächlich der Hut vom Kopf gefallen war und um ein Haar unter die Räder seines Rollstuhls geraten wäre. Er musste ihn erst wieder säubern und sorgfältig zurück auf sein Haupt verpflanzen. Dann verlor Perutz ausnahmsweise gegen Zweig im Schach und wollte daraufhin lieber gegen Fried spielen. Der aber lehnte dankend ab, weil er Schach als frivole Zeitverschwendung betrachtete. Schließlich berichtete Torberg noch, er hätte im Extrablatt gelesen, die Rezeptgebühren würden erhöht werden. „Da frag ich mich: Können wir uns die Unsterblichkeit auf Dauer überhaupt noch leisten? Also bei mir wird's langsam eng".

„Der Zweig wird uns sicher unter die Arme greifen", beruhigte ihn Perutz. „Aber die Frage ist eine ganz andere: Wollen wir sie uns noch leisten? Oder sollen wir uns gleich in der Überflüssigkeit ertränken?"

„Ruhm bedeutet, dass man zum richtigen Zeitpunkt den Hut nimmt", justierte Doderer den Sitz seiner Kopfbedeckung und schenkte sich eine magenfreundliche Tasse Tee ein. Da die Porzellankanne aber sehr voll war, tropfte sie heiß auf seinen Fuß. Vor Schreck hätte er sie fast fallen lassen. „Du verdammtes Miststück!", fuhr er die Kanne an, „das machst du kein zweites Mal!"

„Ruhe bitte!", grummelte Perutz, der sich jetzt konzentrieren musste, um nicht auch die Revanche-Partie gegen Zweig zu verlieren. Und Torberg fragte: „Was ist denn los, Doderer?"

„Das Miststück von Teekanne will mich verhöhnen. Ich habe es genau gesehen, sie hat ihren Schnabel vorgestreckt und absichtlich ein paar heiße Tropfen fallen lassen, die mich in den Fuß gebissen haben!"

Die anderen fanden Doderers Missgeschick eher amüsant. „Das ist die Rache der Teekanne, weil du immer so laut schlürfst" oder „Lass doch die arme Teekanne, auch eine Teekanne ist nur ein Mensch!" und „Genau so undicht wie du!", kommentierten sie.

Aber in diesem Fall kannte Doderer keinen Spaß. „Eben drum, dieses ist ein äußerst unhöfliches Verhalten. Einem alten Mann pinkelt man nicht ans Bein", und im selben Tonfall, wie er sonst „Fried, ein Gedicht!" forderte, verlangte er jetzt: „Fried, den Stock!"

Fried reichte ihm seinen Gehstock. Ohne langes Zögern nahm Doderer die Teekanne ins Visier, holte aus und zack, flog der obere Teil des wehrlosen Dings quer durch den Raum, um vor *Meyers Konversationslexikon* im Bücherregal zu landen, direkt vor Band 16 Porzellan – Rio.

Ungefähr zur selben Zeit kam Ella nach Hause. Sie leerte ihren Postkasten, stieg in den dritten Stock und schloss die Wohnungstür auf. Ein erwartungsvolles Maunzen empfing sie. Als Erstes versorgte sie also die Katze mit Streicheleinheiten. Dann zog sie Jacke und Schuhe aus, machte die paar Schritte in die Küche und ließ sich erschöpft an ihrem Küchentischchen nieder. Dort ging sie die Post durch. Zwischen den Werbeprospekten fanden sich eine Stromrechnung und ein Brief von ihrer privaten Altersvorsorge. Sie nahm das auf dem Tisch liegende Brotmesser. Die Angst vor dem Inhalt ließ sie zögern. Vielleicht sollte sie den Brief erst morgen lesen. Aber dann öffnete sie ihn.

Ella überflog die Zeilen um zum Wesentlichen zu kommen.

‚Inzwischen ist eine Rechtsanwaltskanzlei mit der juristischen Durchsetzung der Forderungen gegenüber den Anlegern, die der Zahlungsverpflichtung noch nicht nachgekommen sind,

beauftragt worden.‘ Und dann: ‚*Wir fordern Sie daher erneut auf, die bisher auf Ihre Gesamtbeteiligung erfolgten Auszahlungsbeträge auf das folgende Konto zurück zu überweisen: …*‘

Und schließlich: ‚*Nutzen Sie daher diese letzte Zahlungsfrist …*‘

Aus. Schluss. Vorbei. Das war's dann also endgültig mit dem tollen Geldanlage-Geheimtipp. Nicht nur das investierte Geld war weg, auch die bisherigen Ausschüttungen musste sie zurückzahlen. Oh wie hasste sie ihren damaligen Freund und angeblichen Anlageberater, der ihr die Beteiligung an dem Immobilienfonds angedreht hatte! Alles, was sie sich über die Jahre mühsam zusammengespart hatte, war verloren. Jetzt blieb ihr nur die normale Pension und das war nahezu nichts. Kaum mehr als die Mindestrente. Wie ein angestochener Luftballon schrumpfte sie in sich zusammen. Die Verzweiflung strömte in Tränen heraus, bis nichts mehr in ihr war. Schließlich, es war längst dunkel geworden, öffnete sie den Kühlschrank, nahm die Sektflasche, die dort schon ewig auf einen Anlass wartete, ließ den Korken knallen und feierte den Verlust ihrer privaten Altersvorsorge.

5. FEBRUAR

Der Sekt hatte sie stark gemacht und ihr das stolze Gefühl vermittelt, über den Dingen zu stehen. Dieses Gefühl war in der Früh komplett verflogen und zusätzlich zu ihrer Katze hatte Ella jetzt auch noch einen Kater. Kaputt und niedergeschlagen machte sie sich auf den Weg zur Arbeit. Die kalte Winterluft tat gut und der Fußweg zur U-Bahn auch, aber ihre Gedanken kreisten permanent um den erlittenen Verlust.

In der WG verrichtete sie trübsinnig ihre Tätigkeiten, machte Frühstück, verteilte die Medikamente und kümmerte sich um die Körperpflege der Herren. Beim Zusammenräumen fiel ihr auf, dass die schöne alte Teekanne fehlte. „Was ist denn mit der Teekanne passiert?"

„Exekutiert", sagte Perutz.

„Vom Doderer", ergänzte Torberg.

Und dann Doderer: „Am liebsten hätte ich sie bis auf die Porzellangasse hinausgeschlagen."

Ella fragte nicht weiter, das alles interessierte sie heute nicht. Sie wollte nur noch wissen, ob etwas vorgefallen war, das einen erneuten Auftritt von Zihal provoziert haben könnte. Perutz beruhigte sie: „Nur ein kurzer Schepperer, nicht der Rede wert."

„Soso, na gut." Ella flüchtete sich wieder in die tägliche Routine. Später legte Perutz seine Lieblingsplatte auf: „Ich bin der Welt abhanden gekommen." Wie immer zu laut. Und wie immer eilte Ella in sein Zimmer, um eine geringere Lautstärke einzumahnen. Sie wollte schon wieder gehen, aber dann zögerte sie und setzte sich an den Schreibtisch. Perutz lag auf dem Bett, lauschte der Musik und schaute nach oben. Sie saß am Tisch, den Kopf auf die Arme gestützt und schaute nach unten. Als das Stück vorüber war, fragte Perutz: „Fräulein Ella, ist was?"

„Nein, nichts. Die Musik ist schön."

„Probleme mit Ihrer Tochter?"

„Nein, schlimmer."

„Die Gesundheit Ihrer Mutter?"

„Ja, da sieht's nicht gut aus, aber das ist es auch nicht."

„Was denn dann, Fräulein Ella, mir können Sie's doch sagen. Irgendwas ist doch, Sie schau'n heute so ver...härgert aus", blieb Perutz hartnäckig und Ella wusste genau, dass er eigentlich „verheult" hatte sagen wollen. Schließlich erzählte sie den Grund ihres Kummers. Es tat einfach gut, mit jemandem zu reden, der keine schlauen Bemerkungen machte wie „Hast du dir vorher denn nicht genau angeschaut, ob der Fonds wirklich seriös ist?". Es kam auch nichts dergleichen. Stattdessen fügte sie noch hinzu: „Ich habe immer alles gegeben, was ich hatte."

„Das ist doch nichts Schlimmes."

„Doch."

„Warum?"

„Jetzt habe ich nichts mehr. Gar nichts."

Langsam erhob sich Ella und verließ das Zimmer. Perutz blieb liegen. Er hatte eine Idee, über die er mit den anderen reden wollte.

Abends nach der üblichen Vorleserunde rückte er damit raus.

„Werte Kollegen, heute ist ein besonderer Tag. Heute vor hundert Tagen sind wir hier eingezogen. Das war der Startschuss zu einem, so möchte ich meinen, ungewöhnlichen Projekt. Wir haben uns den sehnsüchtigen Wunsch erfüllt, wieder dorthin zurückzukehren, wo wir die schönste Zeit unseres Lebens verbracht haben ..."

„Jawohl, ins Kaffeehaus!", warf Torberg ein, aber Perutz setzte unbeirrt fort: „Wir sind nach Hause gekommen, in die Stadt unserer Träume, und wir haben wieder Freunde gefunden. Wir haben Visionen, wir schreiben, wir lesen uns vor, wir diskutieren, wir philosophieren, wir streiten und vertragen uns ..."

„Schon gut, Perutz, komm zum Punkt!", wurde er neuerlich von Torberg unterbrochen, der das Gefühl hatte, dass eigentlich er diese Art von Ansprache halten sollte.

„Wir streiten und vertragen uns", wiederholte Perutz, „wir haben Fräulein Ella ..." und jetzt blickte er die anderen bedeutungsvoll an, stellte dabei fest, dass seine Brille leicht verschmiert war, nahm sie ab, zückte ein Taschentuch, um die Unklarheiten zu beseitigen und setzte die Brille wieder auf, „ ... und Fräulein Ella hat ein Problem."

Nachdem Perutz Ellas Problem und seine Idee dazu erläutert hatte, wurde sehr schnell und einstimmig beschlossen, ihr zu helfen. Dann stießen sie mit Kaffee auf ihre ersten hundert Tage an und fühlten sich großartig.

1. MÄRZ

Der Winter hörte dieses Jahr gar nicht mehr auf, das Wetter war eine echte Katastrophe. Schnee, Matsch und Eisregen wechselten ab mit Eisregen, Matsch und Schnee, unterbrochen nur von Tagen, an denen es nicht einmal richtig hell werden wollte.

Die euphorische Phase nach dem Einzug war schon lange vergessen und auch der kurze zwischenzeitliche Höhenflug mit dem Entschluss, gemeinsam zu schreiben, war schnell wieder auf dem Boden der Tatsachen gelandet. Allen guten Vorsätzen zum Trotz ging nichts weiter und der Gemütszustand der Herren hatte sich dem Wetter angepasst. Perutz spielte immer öfter seine Lieblingsplatte, Ella konnte schon mitsingen. Fried hatte sich eines Tages im Chaos seines Zimmers selbst nicht mehr ausgekannt, er glaubte in der Abstellkammer gelandet zu sein. Und Torberg steigerte seine Fressgier und verlangte zu Mittag meist gleich zwei Portionen.

Als Ella eine wunde Stelle unter seinem stetig wachsenden Bäuchlein entdeckte, platzte ihr der Kragen: „Herr Torberg, so geht es nicht weiter. Sie sollten mal wieder etwas schreiben, statt nur zu essen! Jetzt haben Sie sogar schon eine Entzündung unter dem Bauch. Die muss extra gepflegt werden!"

„Aber das hat doch nichts mit dem Schreiben zu tun."

„Doch. Wenn Sie schreiben würden, hätten Sie keinen Frust. Ohne Frustessen keinen Bauch. Ohne Bauch keine Bauchfalte. Ohne Bauchfalte keine Entzündung", schimpfte Ella. „Und überhaupt finde ich es unfair. Sie und die anderen Herren können so viel und machen nichts daraus! Ich wäre froh, wenn ich irgendetwas so gut könnte, wie Sie das Schreiben!"

Seit dem Verlust ihrer privaten Altersvorsorge nahm Ella ihren Job noch ernster und sie ärgerte sich über die Untätigkeit der Herren. Doch jetzt merkte sie, dass der Unmut wohl etwas zu stark mit ihr durchgegangen war. „Es tut mir leid, Herr Torberg, ich wollte Ihnen keine Vorwürfe machen."

„Sie haben ja recht, Fräulein Ella. Ich komme nur einfach nicht zum Schreiben. Im Alter ist man langsamer, da vergeht die Zeit schneller."

„Ich weiß. Aber ein bisschen mehr schreiben und ein bisschen weniger essen wäre doch zumindest ein Anfang. Sie müssen sich ja nicht gleich hetzen."

„Das ist auch gar nicht möglich, denn die Zeit vergeht so schnell, dass mir nicht einmal Zeit zum Hetzen bleibt."

Am Abend huldigten die Herren wie üblich ihrem einstigen Können, indem sie sich gegenseitig vorlasen. Demütig, fast andachtsvoll, pflegten sie dieses Ritual. Ja, damals, da hatten sie noch Großartiges geleistet.

Als Letzter las Fried ein Kapitel aus dem Roman *Nachts unter der steinernen Brücke* von Perutz.

„Ein faszinierend farbsatter Teppich, den du da vor uns ausbreitest, glaubhaft bis ins kleinste historische Detail, bis in die zarteste menschliche Verästelung. Wunderschön erzählt, aber auch ganz fabelhaft gelesen, lieber Fried!", ergriff Torberg anschließend das Wort.

Perutz lächelte geschmeichelt und auch Fried hob stolz das Haupt. Es war an der Zeit, sich die abendliche Genusszigarette zu gönnen.

„Ein Jammer nur, dass all diese grandiosen Werke langsam in Vergessenheit geraten", merkte Perutz an. „Außer uns liest sie bald niemand mehr."

„Na so schlimm wird's schon nicht sein."

„Doch, Doderer, doch. Ich habe mir das angeschaut und es sieht furchbar aus, ganz furchbar."

„Was denn?", fragte Fried.

Jetzt zückte Perutz ein mit Zahlen übersätes Papier und trug trocken vor: „Zweig minus 18 Prozent, Fried minus 26 Prozent, Torberg minus 44 Prozent, ich selbst minus 61 Prozent und Doderer, du sogar minus 78 Prozent!"

„Was sind das für Zahlen, sind wir bei der letzten Wahl angetreten? Dann will ich mich zuallererst bei meinen Wählern ...", belustigte sich Doderer.

„Du kannst dich bei deinen schwindsüchtigen Lesern bedanken. Das ist die Entwicklung unserer Buchverkäufe", erwiderte Perutz. „Meine Wahrscheinlichkeitsrechnung ergibt, dass unsere Bücher schon sehr bald in den Antiquariaten des Landes verstauben oder auf Bücherflohmärkten verramscht werden. Ich weiß nicht, was besser ist."

„Zum Glück müssen sie in der Schule noch unsere Werke lesen", spottete Doderer weiter.

„Das ist nicht lustig, Doderer, das ist die brutale Realität", bekräftigte Perutz. Er streckte seinen Rücken durch: „Und wisst ihr, was das bedeutet? Unsere Unsterblichkeit ist endgültig in Gefahr!"

Torberg verzog das Gesicht. „Abgesehen davon, dass ich meinen Wert für erstunken und erlogen halte, denn gefühlsmäßig werde ich häufiger gelesen als Fried ..., aber abgesehen davon", gab er dann zähneknirschend zu, „hast du wohl ausnahmsweise einmal recht. Wen interessieren denn heutzutage noch Geschichten aus der grauen Vorzeit, Wälzer über den Untergang der Monarchie oder politische Gedichte aus den 68er-Jahren? Stirbt das Werk – stirbt der Mensch. Wahrscheinlich haben wir einfach auf die falschen Themen gesetzt."

„Vielleicht sind wir aber auch schon lange tot und haben es nur nicht bemerkt", war Doderers Befürchtung.

„Waaas? Und was ist das hier?" Mit diesen Worten ließ Fried seinen Gehstock auf Doderers Knie krachen.

„Aua, aua, Hilfe! Sag mal, spinnst du, Fried, du Trottel!“, schrie Doderer auf.

„Na bitte, quietschlebendig, der Alte!“, folgte Frieds Diagnose.

„Der Quietschlebendige verwandelt dich gleich von einer real existierenden Person in eine historische Persönlichkeit. Dann werden wir ja sehen, wie es um deine Unsterblichkeit steht!“ Weil sich Fried aber schnell genug duckte, flog der von Doderer zum Leben erweckte Zuckerstreuer mit lautem Krachen gegen die Wand.

2. MÄRZ

Zihal war wieder einmal erschienen, um seinen ehelichen Rausekelpflichten nachzukommen. Wie immer hatte er die Hose bis knapp unter die Achseln hochgezogen, was ihn deutlich kleiner machte, als er eigentlich war. Bei seiner Abrechnung hob er diesmal besonders hervor, dass einer der Herren wie eine Sau beim Abschlachten gequiekt hätte, dass die Wände gewackelt hätten und dass womöglich auch Haschisch konsumiert worden sei. Grund genug jedenfalls für einen hochkantigen Rauswurf.

Ella war schon bei Zihals Auftauchen in ihr Zimmer geflüchtet. Im Gegensatz zu den Herren fürchtete sie die Drohungen. Außerdem war ihr sein Schnauzer zuwider, wie er zuckte und wackelte. Sie hatte Angst, er könnte einmal von der Oberlippe fallen und sie würde ihn beim Putzen, immer noch zuckend, am Boden finden.

Nachdem „Rumms!“ die Tür hinter Zihal ins Schloss gefallen war, stellte Torberg fest: „Das ist aber kein schönes Rot, was der da im Gesicht zur Schau trägt.“

Fried pflichtete ihm bei: „Nein, wirklich nicht, für Kunst hat er wohl nicht viel übrig.“

„Jedenfalls kein Drommetenrot, nicht wahr Perutz?“, grinste Doderer.

5. MÄRZ

Doderer hatte seine Füllfeder ruhen lassen und wollte probieren, ob die Schreibmaschine nicht besser geeignet wäre, seinen Schreibfluss anzuregen. Aber immer wenn sich auch nur der kleinste Ansatz einer Idee anbahnte und er einen Finger nach unten zur Tastatur bewegen wollte, blieb dieser in der zähflüssigen Luft stecken wie ein Gummistiefel im Sumpf.

Offensichtlich war es den anderen nicht besser ergangen, denn als sich nachmittags alle am großen Marmortisch im Kaffeehaus niederließen, griff Torberg zu einer Zigarette und eröffnete freimütig die Runde. „Jaja, Zweig, in der Welt von Gestern war das anders. Da hatten wir Kaffee am Tisch, Zigaretten in der Hand und den Kopf voller Ideen. Heute haben wir zwar Kaffee am Tisch und Zigaretten in der Hand, aber im Kopf? ... Es blökt das Schaf, es grunzt das Schwein, dem Dichter fällt gar nichts mehr ein."

Nach diesem Offenbarungseid lehnte er sich erleichtert zurück. Gleichzeitig hörte man ein erlöstes Seufzen von Perutz und sah ein zustimmendes Nicken von Fried. Sie alle waren froh, dass Torberg den Anfang gemacht hatte, denn auch bei ihnen war das Ergebnis ihrer Anstrengungen immer noch gleich null. Zweig meinte denn auch: „Ich habe dem nichts hinzuzufügen."

Nach einer Weile rückte Doderer den Hut zurecht und verkündete mit Reststolz: „Ich habe allerdings einen ersten Satz, der mir gut gefällt: Sich selbst überleben – hier liegt das Geheimnis und das letzte Ziel."

Perutz horchte auf: „Wirklich? Meiner ist so ähnlich: Im Schreibtisch jedes anständigen Schriftstellers sollte man nach seinem Tod ein vollendetes, unpubliziertes Werk finden."

Und auch Zweig lieferte seinen Einstieg: „Warum sich nicht noch einmal etwas vom Leben nehmen, bevor man es wegwirft."

Torberg drückte seine Zigarette aus. „Sehr schön, liebe Freunde, alles sehr schön. Aber wie geht's weiter? Wovon soll unser Opus handeln?"

Zweig war es dann, der leise und eindringlich feststellte: „Wir brauchen ein Thema, das immer aktuell bleibt, ein Thema so unsterblich wie der Tod."

Der Satz stand still in der Luft wie ein Falke auf Beutesuche. Plötzlich schoss er herab, direkt ins Hirn von Perutz. Dieser sprang auf, der Stuhl stürzte, seine Augen leuchteten, sein Kaffeelöffel schlug gegen ein leeres Wasserglas. Hell durchschnitt der Glockenton die düsteren Tabakwolken.

„Was ist, Perutz, gibt's Freibier?", fragte Doderer.

Perutz fuhr sich würdevoll mit der Hand über die Glatze, räusperte sich und verkündete triumphierend: „Der Tod. Zweig, das ist genau das Thema, das wir suchen! Wir schreiben gemeinsam über das Ende. Jeder von uns beschäftigt sich doch permanent damit. Gerade jetzt tun wir es schon wieder. Kinder, wenn uns dazu nichts einfällt, sind wir selber schuld."

Die Herren mussten kurz innehalten, um ihrem Verstand Zeit zu geben, den Worten zu folgen.

Aber dann rief Torberg: „Na klar, in unserem Alter sind wir doch echte Experten. Wer wäre glaubwürdiger als wir?"

„Es lebe der Tod!", reckte Fried seine geballte Faust in die Höhe. Und Perutz jubelte: „Wir sind die geborenen Sterbenden!"

„Die Unsterbenden! Die geborenen Unsterbenden", lachte Doderer von einem Ohr zum anderen. So breit, dass sich sogar sein Hut etwas dehnen musste. Prompt bestellte er Champagner für alle. Nur Zweig blieb stoisch: „Doderer, wer soll dir denn hier Champagner bringen?"

„Egal. Kommt mal alle her!“ Und sie versammelten ihre gebrechlichen Knochen um Doderers Rollstuhl und beglückwünschten und umarmten sich.

Dann fing es an, in den Herren zu arbeiten. Endlich, endlich, endlich hatte der Funke gezündet. Und wieder war es Zweig, der etwas Entscheidendes ansprach: „Es steht außer Frage, dass wir im Uraltsein wahre Experten sind. Aber in dem, was dann kommt? Wie kann man über etwas schreiben, von dem man keine Ahnung hat, was man noch nie erlebt hat? Wir sind doch noch nie gestorben!“ Und konsequent lieferte er auch gleich die Lösung: „Somit dürfte klar sein, dass wir sterben müssen. Sterben für die Unsterblichkeit!“

„Ich hab’s befürchtet“, stöhnte Doderer, „man muss die Welt hinter sich bringen, um in ihr leben zu können. Aber meistens ist man dann schon tot. Bei aller Euphorie möchte ich auf ein gewisses Restrisiko hinweisen.“

„Betrachte es einfach vom literarischen Standpunkt“, wischte Perutz die Bedenken beiseite. „Auch ein Buch hat einmal ein Ende.“

„Also ich bin schon neugierig.“ Torberg grinste verschmitzt.

„Auf das Ende?“, fragte Zweig.

„Das auch. Aber vor allem auf das Danach. Mich als Feinschmecker interessiert nämlich die Frage: Gibt es eigentlich eine Leber nach der Wurst?“

Jetzt lachte auch Doderer wieder. Zweig aber hatte gar nicht richtig hingehört, er dachte bereits weiter. „Um das zu erfahren, müssen wir um unser Leben schreiben. Tag und Nacht. Bevor es uns dahinrafft, muss das Werk vollendet sein, das uns Unsterblichkeit verschafft!“ Er war gar nicht mehr zu bremsen. Das nach vielen vergeblichen Bemühungen doch noch gefundene Thema hatte seine Zunge gelöst. Endlich gab es etwas, das selbst ihn völlig faszinierte und neu herausforderte. Und so redeten sie weiter und weiter in die Nacht hinein. Der kollektive Enthusiasmus befeuerte die Fantasie und die Köpfe glühten erstmals wieder so intensiv wie sonst nur die Rauchwaren. Selbst Fried rauchte weit mehr als die eine Genusszigarette. Unterbrochen wurde der Abschluss einer monatelangen Suche nach der erlösenden Idee nur von kurzen Ausflügen auf den Blumenbalkon, um frische Luft zu schnappen. Aber auch dort sprudelte es pausenlos und lautstark aus ihnen heraus. Nicht nur Torberg, jeder wollte jetzt das letzte Wort haben. Als sie schließlich in ihre Betten sanken, erhob sich die Sonne am Horizont, so wie früher zu besten, goldenen Kaffeehauszeiten.

6. MÄRZ

Ella sperrte die Tür auf. Lautes Schnarchen durchzog die WG. Sie betätigte die Kaffeemaschine und das aromatische Gluckern setzte ein. Aber was sonst ein wirksamer Muntermacher war, versagte diesmal komplett. Der Kaffeeduft wurde vom Schnarchen schlichtweg übertönt und an der Verbreitung gehindert. Leise schaute Ella in die Zimmer. Alle Herren schliefen tief und fest, Fried, am Tisch sitzend, den Kopf auf seine Schreibmaschine gebettet.

Ella beschloss, noch eine Stunde zu warten, bevor sie einen Weckruf starten würde. Dann schenkte sie sich selbst einen Kaffee ein und setzte sich an ihren Schreibtisch, um die monatliche Buchhaltung zu machen. Die Konzentration fiel ihr allerdings schwer. Allzu gern hätte sie gewusst, was die Herren wieder angestellt hatten. Aufgrund der eher miesen Stimmung der letzten Zeit ahnte sie nichts Gutes.

Ein Stockwerk höher war Zihal schon lange wach. Er kontrollierte gerade den Sitz seiner Krawatte, zog die Hose hoch und striegelte sich den Schnauzer. Als frühpensionierter Finanzbeamter und Hausbesitzer wollte er standesgemäß auftreten, selbst wenn er sich nur zu dieser Wohngemeinschaft hinab begeben musste. Heute wäre es aber das allerletzte Mal, das hatte er sich geschworen, heute würde er seiner Frau schon zeigen, dass er ein ganzer Mann war, und die da unten hinausprovozieren. Die glaubten wohl, sie könnten sich alles erlauben, ins Altersheim gehörte so etwas, aber nicht in sein Haus. Und wenn sie dachten, er würde nicht mitbekommen, dass sie sich über ihn lustig machten, von wegen. Ein Zihal sah und merkte alles. Mit ihm nicht, jetzt sollten sie ihn einmal kennenlernen! In der schönen Wohnung herumlungern, das konnten sie, aber sich an keine Regeln halten, das würde ihnen wohl so gefallen. Raus damit!

Derart vorbereitet startete er ins letzte Gefecht. Ganz Hausherr begab er sich die Stiegen hinab in den Mezzanin, nahm den Zweitschlüssel, den er sich Gott sei Dank zurückbehalten hatte, und sperrte auf. Mit äußerster Entschlossenheit schritt er in die Küche, schnappte schnell nach Luft, sein Schnauzer bebte vor Erregung, ... doch dann stockte er. Was zum Teufel ...? Er schaute sich um. Wo waren die Alten? Waren die schon freiwillig ausgezogen? Unsicher zupfte er an seinem Schnauzbart.

Die Kaffeemaschine ließ „plop" noch einen Tropfen fallen. Es duftete verlockend, der Frühstückstisch war liebevoll gedeckt, auch ein Blumenstrauß schmückte ihn, es lagen knusprige Semmeln bereit und die ersten Sonnenstrahlen schienen zum Fenster herein.

Am liebsten hätte Zihal gemütlich Platz genommen und sich bedient. Aber der Moment der Versuchung währte nicht lange. Er schnarrte „Jawoll, eine Kriegserklärung ist das!" in die menschenleere Küche und verließ wutschnaubend „Rumms!" die WG.

Ella hatte alles von ihrem Zimmer aus beobachtet. Sie musste die Zähne zusammenbeißen, um nicht laut herauszulachen. Dass ihr Zihals Auftritt einmal Freude bereiten könnte, hätte sie sich nicht träumen lassen.

Ihre Buchhaltung war längst erledigt, als sich die Herren schließlich aufzustehen bequemten. Müde, aber bestens gelaunt erzählten sie, dass sie letzte Nacht sehr intensiv und lange diskutiert hätten und bahnbrechende Erkenntnisse für ihre Arbeit dabei herausgesprungen wären.

15. MÄRZ

„Übrigens, Fräulein Ella, wenn Sie Lust und Zeit haben, würden wir Ihnen heute Abend gern etwas vorlesen", verkündete Torberg beim Frühstück.

Damit hatte Ella überhaupt nicht mehr gerechnet, deswegen kam ihre Antwort auch etwas zögerlich: „Sie ... sind Sie denn schon so weit? Ich meine, wenn Sie nicht wollen, nur wegen mir müssen Sie nicht ..."

„Aber haben Sie nicht schon lange darauf gewartet, wir dachten, wir machen Ihnen eine Freude!"

„Ja schon, und wie! Es ist nur ... ach, nichts. Natürlich bleibe ich heute Abend gerne hier!" Ella wollte nicht zugeben, dass sie an der Leistungsfähigkeit der Herren gezweifelt hatte. Nun aber war sie neugierig und aufgeregt wie ein kleines Kind vor der Bescherung.

Noch etwas machte diesen Tag besonders oder war sie durch die Ankündigung einfach nur sensibilisiert? Es fiel ihr auf, als sie kurz die WG verließ, um Einmalhandschuhe aus der Apotheke und Zigaretten aus der Trafik zu holen. Die Sonne hatte die Wolken durchbrochen, die Knospen an den Bäumen sahen aus, als ob sie jeden Moment hellgrün aufplatzen könnten, und vereinzeltes, zaghaftes Vogelgezwitscher erkundete die Luft. Es roch auch anders, frischer, erwartungsvoller. Es war der Tag ihres ganz persönlichen Frühlingserwachens.

Am Abend versammelten sich alle am großen Tisch im Kaffeehaus. Ella wusste sehr zu schätzen, dass sich die Herren bemüht hatten, durch saubere Kleidung und ein gepflegtes Erscheinungsbild eine dem Anlass entsprechende würdige Stimmung zu schaffen. Doderer war mit Lavendelwasser eingeduftet und Torberg hatte sich die wenigen Haare feinsäuberlich mit Gel nach hinten gekämmt.

„Wir haben“, übernahm er die Einleitung, „etwas ausgewählt, das unsere Sehnsucht nach dem Kaffeehaus beschreibt und unser famoser Fried wird vortragen.“

Gespannt wartete Ella auf ihre Kostprobe. Fried wurschtelte das Manuskript aus seinem Plastiksackerl, blickte sich um und klopfte mit dem Gehstock feierlich dreimal auf den Boden.

Es folgte eine fantastische Liebeserklärung an das Kaffeehaus, an seine Faszination und seine Besucher. Ella fühlte sich 100 Jahre zurück- und mitten ins Geschehen hineinversetzt.

Eine halbe Stunde später beendete Fried die Lesung mit einer Verbeugung und einem Griff zum bereitstehenden Wasserglas. Die Herren schauten Ella erwartungsvoll an. Sie hatte Tränen in den Augen, war zutiefst gerührt und wusste nicht, was sie sagen sollte. „Schön! Das ist einfach nur schön, irgendwie unwirklich, aber auch wieder nicht.“ Und nach einer Pause: „Von wem ist es denn, wenn ich fragen darf?“

Schon während der Lesung hatte sie kurz überlegt, wer es wohl geschrieben haben könnte. Was die Fantasie betraf, kamen am ehesten Perutz oder Doderer infrage, aber der Stil war keinem der Herren zuzuordnen.

„Das, liebes Fräulein Ella, bleibt unser Geheimnis“, antwortete Torberg. Sie beließ es dabei, freute sich, dass die Herren sich freuten, und fragte, ob all die im Text vorkommenden Personen Bekannte gewesen wären.

„Die meisten davon, und noch viel mehr. Alle haben sie das Kaffeehaus geliebt. Das müssen Sie sich einmal vorstellen, wer dort alles ein- und ausgegangen ist!“, schwelgte Perutz in der Erinnerung.

Auch Torberg begeisterte sich: „Im Kaffeehaus wurden literarische Schulen und Stile geboren. Vom Kaffeehaus nahmen neue Richtungen der Malerei, der Musik, der Architektur ihren Ausgang!"

„Ohne Kaffeehaus wäre die Welt in der jetzigen Form nicht einmal denkbar, hier wurde Kultur- und Weltgeschichte geschrieben. Fräulein Ella, wenn ich bitten darf, noch eine Schale Kaffee!" Erfüllt wechselte Perutz in sein angestammtes Kaffeehausverhalten und Torberg packte jetzt eine Anekdote nach der anderen über alte Käuze und Originale und den Untergang des Abendlandes aus. „Könnt ihr euch noch erinnern, wie diese dreiste Kreatur damals herumgebrüllt hat und wie der Perutz ihn dann mit dem Klobesen hinausgejagt hat?!"

Voll von ihrer alten Welt aufgesogen, amüsierten sie sich köstlich und vergaßen alles um sich herum. Im Rauch der Zigaretten verschmolzen die fünf Herren zu einem Ganzen und Ellas Augen machten eine Momentaufnahme, die ihren Platz im ungeschriebenen Tagebuch finden sollte. Ella spürte, dass sie diese verschworene Einheit nicht stören durfte, tat so, als müsste sie einmal wohin, und ging unbemerkt nach Hause.

1. APRIL

So hartnäckig der Winter gewesen war, so schnell hatte sich der Frühling durchgesetzt. Zu Mittag war es jetzt schon so warm, dass man im Garten sitzen konnte. Nachdem Schneeglöckchen, Primeln und Krokusse den Anfang gemacht hatten, begann auch der prächtige alte Magnolienbaum zu blühen. Unter ihm stand eine Holzbank. Dort machte Ella Pause, aß ihr Brot und trank schwarzen Tee mit Milch aus der Thermoskanne. Aus den geöffneten Fenstern der WG klang das eifrige Tackern der Schreibmaschinen und mischte sich mit dem Zwitschern der Vögel. Zum ersten Mal seit langer, langer Zeit war Ella wieder einmal zufrieden mit sich und der Welt.

„Na, bist du nun glücklich, hast du erreicht, was du erreichen wolltest?"

„Um ehrlich zu sein, ich bin sogar ein wenig stolz."

„Meine Güte, ja, sie schreiben. Mal sehen, wie lange das gut geht."

„Aber die Herren blühen doch auf wie die Magnolie." Ella versuchte die ewig nörgelnde Tochter aus ihrem Kopf zu verdrängen. „Es hat also etwas gebracht, sie immer wieder zur Arbeit an ihren neuen Werken anzuspornen."

Ob das allein wirklich die Wende ausgelöst hatte, wusste sie zwar nicht, aber es war ihr auch egal. Hauptsache, die Leidenschaft fürs Schreiben war wieder entfacht.

Auch die Gesundheit der Herren hatte sich verbessert und eine Änderung ihres Verhaltens war ganz offensichtlich. Perutz trug seit Neuestem sein Hörgerät. Doderer bewegte sich so viel wie möglich mit dem Rollstuhl und lehnte Ellas Hilfe vehement ab. Torberg aß weniger und gesünder. Er hielt sogar Vorträge über die Bedeutung bewusster Ernährung. Und Fried fing tatsächlich an, das Chaos in seinem Zimmer zu bekämpfen. Selbst Zweig schwieg irgendwie vielsagender und lauter. Ella empfand das Erwachen der Lebensgeister als kleines Wunder und damit garniert schmeckte das Pausenbrot gleich doppelt so gut.

Gerade wollte sie sich noch einmal Tee in den Deckel der Thermoskanne füllen, als von hinten schlurfende Schritte zu hören waren.

Zweig näherte sich. Vor der Bank blieb er stehen, zückte sein Stofftaschentuch und entfaltete es, um sich darauf niederzulassen. „Ich hoffe, Sie haben nichts dagegen, wenn ich Ihnen ein wenig Gesellschaft leiste", sagte er dann.

„Ganz und gar nicht", erwiderte Ella. „Ist das nicht ein wunderschöner Platz hier?"

„Ja, traumhaft. Der Magnolienbaum ist ein sehr ungewöhnlicher Zeitgenosse, nicht wahr?"

„Wie meinen Sie das?" Ella war zutiefst gerührt, dass Zweig den Weg zu ihr auf die Bank gefunden hatte und vor allem, dass er mit ihr redete. Er redete tatsächlich wieder! Wie oft hatte sie sich das gewünscht und es schien so einfach zu sein. Als er nach einer Pause weitersprach, fiel ihr auch zum ersten Mal auf, wie weich und sanft seine Stimme war.

„Ungewöhnlich und gerissen. Ein guter Selbstvermarkter. Aus scheinbar totem, blattlosen Geäst treibt er auf einmal die schönsten Blüten, lange bevor die anderen Bäume blühen. Dadurch zieht er alles Augenmerk auf sich.

„Diese Farben, zum Verlieben!", stimmte Ella zu.

Dann saßen sie eine Weile, in der sie sich stumm verstanden, genossen die Sonne und die ersten weiß-rosa Blüten vor tiefblauem Himmel.

„Kann man eigentlich nichts denken, Herr Zweig? Ich meine, denkt man dann nichts oder denkt man nur, dass man nichts denkt und denkt also doch."

„Fräulein Ella, wie philosophisch!", antwortete Zweig. „Ja,

das geht, zumindest meiner Erfahrung nach. An nichts denken ist sehr erholsam. Man will mehr davon. Und irgendwann will man nichts mehr als das Nichts."

„Ist es vielleicht schon das Nichts danach, nach dem Tod, das schon vorher anfängt, sich im Kopf auszubreiten? Ist es die immer länger werdende Lücke zwischen zwei Gedanken?", fragte Ella dann, ohne eine Antwort zu erwarten und zu bekommen. Schließlich sagte sie: „Wir sollten wieder reingehen, es wird langsam kühl."

3. APRIL

Auf dem Weg zur Arbeit entdeckte Ella ein neues Blumengeschäft namens *Zweigstelle*. Sie wollte Zweig, der die Sprache wiedergefunden hatte, eine Freude bereiten und kaufte einen Strauß Tulpen.

In der Porzellangasse betrat sie dann das Gründerzeithaus und stieg, immer zwei Stufen auf einmal nehmend, in den Mezzanin hinauf. Dort wurde sie von einem wohligen Gefühl empfangen. Die WG war auch für sie ein „Zuhause" geworden. Sie machte Kaffee, deckte den Tisch, und weil die Sonne dringend darauf wartete hereingelassen zu werden, öffnete sie die Fenster. Vergnügt erschienen die Herren am Küchentisch und Ella überreichte den Blumenstrauß. „Herr Zweig, hier ist ein kleiner Gruß aus Ihrem neuen Blumenladen. Gratulation, das ist ein wirklich schönes Geschäft!"

Als sie den Namen nachlieferte, amüsierten sich die Herren und Doderer lobte: „Jaja, immer geschäftstüchtig unser Erwerbszweig, immer auf der Suche nach neuen Geldquellen. Apropos, wie steht's denn um unsere Finanzen? Sollten wir uns zur Abwechslung mal einen Ausflug gönnen, zum Beispiel nach Prein an der Rax?

„Oh ja, ein Ausflug zum Semmering!" Zweig war sofort begeistert.

„Gute Idee, aber ich würde lieber nach Altaussee fahren. Dort ist es so schön, ich habe mich dort immer unerklärlich wohl gefühlt!", schwärmte Torberg.

„Noch besser gleich an den Wolfgangsee, ich war schon so lange nicht mehr da, bitte Fräulein Ella!", wünschte sich Perutz.

Wie die kleinen Kinder bestürmten sie Ella. Auch wenn die Herren den Ausflug natürlich selbst bezahlen würden, war doch klar, dass es von ihr abhing, ob er zustande käme. Deswegen machte Fried jetzt folgenden Vorschlag: „Ich würde Kärnten bevorzugen, aber warum suchen wir uns nicht ein ganz neues Ziel und fahren nach Krakau, in die Heimat von Fräulein Ella!"

„Ja, auf nach Krakau!", stimmten die anderen stürmisch zu.

„Krakau, Krakau", skandierten sie im Chor und schlugen dabei mit Messern und Löffeln an Tassen und Teller.

Ella war überwältigt. Einerseits fand sie diese Begeisterung und die Unternehmungslust mitreißend und war nahe dran einfach zuzustimmen. Andererseits waren ihr aber auch die organisatorischen Schwierigkeiten und die Verantwortung bewusst. Sie suchte nach den passenden Worten, die die Euphorie nicht dämpfen sollten, ihr aber Zeit ließen, alles in Ruhe durchzudenken. Doch Torberg kam ihr zuvor und nahm mit einem kleinen Rückzieher den Druck aus dem Vorhaben: „Ich weiß nicht, ob wir alten Schmähbrüder Fräulein Ella eine derartige Reise zumuten können! Vielleicht sollten wir lieber nur zu einem Fußballmatch gehen!"

„Aber könnten Sie bitte vorher noch im Postkasten schauen, ob eine Nachricht vom Komitee gekommen ist, Fräulein Ella?", tat Doderer den nächsten Schritt zurück in den gewohnten Alltag.

„Und ich würde neue, violette Tinte brauchen. Bitte, wenn Sie das nächste Mal draußen unterwegs sind, danke, Fräulein Ella!" Auch Zweigs Bedürfnis konzentrierte sich wieder auf das neue alte Hauptinteresse, das Schreiben.

„Und, Fräulein Ella, was gibt's denn heute zu Mittag, etwas Gutes, Gesundes?", lenkte Torberg das Gespräch auf sein zweitwichtigstes Interesse. Der Ausflug war erst einmal in den Hintergrund gerückt. Unerwartet erhob sich jetzt aber Fried und verschwand mit Gehstock Richtung Wohnungstür.

„Wo willst du denn hin, Fried, nach Krakau?", rief ihm

Torberg nach. Und zu den anderen gewandt: „Der Fried, der Depp, hat der das ernst genommen?“

Aber da kam Fried auch schon in ungewohnt hohem Tempo zurückgetapert, schraubte sich vor dem Frühstückstisch auf und schnarrte los: „Die Polizei wird kommen, jawoll, nikotinsüchtiger Kindergarten, Krawallkriminelle! Der Lärm ... stinkt zum Himmel, das ist Vorschrift, exaktens. Man hatte: Fünfmal nervtötendes Geschirrgeklapper ... fünfstimmiges Fußballgegröle ... fünfmal Klassenfahrt nach Polen, ... am besten gleich dableiben, delogieren, deportieren, meine Frau auch! Weiters ... radikaler Unsterblichkeitsfanatismus, jahrzehntelange Sperrstundenüberschreitung, totale Verwesungsverweigerung. Das muss ein Ende haben! Sonst ...!“ Damit eilte er wieder zur Wohnungstür und schmiss diese „Rumms!“ von innen kräftig zu. Unter begeistertem Applaus kehrte er zurück und ließ sich erschöpft auf seinen Platz fallen.

„Sehr zihaloid, ich muss schon sagen, Fried, grrroßes Theater!“, lobte Doderer und: „Komm her und hol dir deine Glatzenwatschen ab!“, wollte er endlich die für Zihal vorgesehene Strafsanktion vollziehen.

Aktionen wie diese heiterten die Tage auf und bei ihren Runden durch die Zimmer fand Ella die wiedergewonnene Schreiblust bestätigt. Alle arbeiteten intensiv, jeder füllte auf seine Weise, mit Schreibmaschine oder Füllfeder, Seite um Seite. Lediglich Perutz hatte seine Feder noch nicht wieder ins Tintenfass getaucht.

Ella saß gerade bei ihm und kontrollierte den Bestand an Salben, Augentropfen, Inhalierspray und Corega Tabs, um gegebenenfalls die Vorräte auffrischen zu können. So wie bei den anderen Herren waren kaum noch Einmalhandschuhe vorhanden. Außerdem hatte eine wenig benutzte Creme das

Ablaufdatum überschritten. Sie flog in den Mistkübel und Ella überlegte, überhaupt einmal einen gründlichen Frühjahrsputz in der WG durchzuführen. Und plötzlich packte es sie. Noch etwas war mehr als überfällig. Auch ihre lang verheimlichte Altlast musste endlich entsorgt werden. Auch sie wollte bereinigt von Gewissensbissen an der neuen Aufbruchsstimmung in der WG teilhaben.

„Herr Perutz", begann sie stockend, „ich muss Ihnen etwas beichten. Nicht nur Ihnen, sondern allen Herren, also sagen Sie es bitte weiter. Bei meiner Einstellung damals ...", sie zögerte, „ich habe Ihnen nicht alles erzählt."

„Soso, was denn nicht, Fräulein Ella?"

„Wieso ich meinen vorherigen Job aufgegeben habe beziehungsweise aufgeben musste."

„Ist das denn so wichtig?"

„Ja. Ich wurde gekündigt."

„Na und, mich hat die Weltgeschichte im Jahr 1938 doch auch aus Österreich geworfen."

„Ich weiß. Aber bei mir war es anders. In dem Pflegeheim, in dem ich damals arbeitete, habe ich einen unheilbar kranken Patienten betreut. Er vegetierte, entschuldigen Sie bitte den Ausdruck, ohne jede Hoffnung auf Besserung dahin und wollte nur noch sterben."

„Furchbar ... furchbar."

„In diesem Zusammenhang habe ich in Gesprächen mit Kollegen, Ärzten und der Heimleitung mehrmals betont, dass unter gewissen Voraussetzungen Sterbehilfe möglich sein sollte, so wie in der Schweiz oder in Holland."

„Aber das ist doch kein Verbrechen."

Ella machte eine Pause. Es fiel ihr schwer, jetzt auch den Rest rauszulassen. Würden Perutz und die anderen ihr glauben?

„Das nicht. Aber kurz darauf starb der Herr und alle hatten mich im Verdacht. Man konnte mir zwar nichts nachweisen, trotzdem wurde ich gekündigt. Aufgrund der Pflegeskandale, die immer wieder passieren, wollte man nichts riskieren."

„Und, waren Sie es, haben Sie es getan?"

„Natürlich nicht."

„Schade."

„Aber Herr Perutz!"

„Naja, ich denke nur, vielleicht komme auch ich einmal in die Situation, wo ich's gern hätte, aber nicht mehr selbst kann. Dann wäre es gut, zu wissen, dass Sie ... ach, vergessen Sie es. Bleiben Sie wie Sie sind, Fräulein Ella." Und dann fügte er noch etwas hinzu, dass sie richtig verlegen werden ließ. Mit dieser Reaktion auf ihr Geständnis hätte sie nie gerechnet.

4. APRIL

Erst jetzt bemerkte Ella, wie sehr die lang verschwiegene Kündigung auf ihr gelastet hatte. Sie fühlte sich befreit und beflügelt. Wie nach einem reinigenden Gewitter ging sie wieder aufrechter und hatte den Eindruck, die Menschen, denen sie auf der Straße begegnete, würden sie wohlwollend anblicken statt unauffällig wegzuschauen. Dabei hatte es nicht einmal ein Gewitter gegeben. Im Gegenteil, Perutz' abschließende Worte waren als ausdrückliche Anerkennung zu verstehen. „Wissen Sie eigentlich, dass wir Sie alle sehr gern haben?", hatte er gesagt.

Daran dachte Ella, als sie die Tür zur WG öffnete und den Schlüsselbund wieder in ihre Jackentasche gleiten ließ. Sie hielt inne. „Hab ich jetzt den Schlüssel dreimal gedreht oder nur einmal? Es kam mir vor wie einmal, ich hab wohl gestern beim Gehen vergessen, richtig abzusperren."

In ihrem Zimmer zog sie sich den Arbeitskittel über. Es war ja nichts passiert. Und selbst im Falle eines Einbruchs, was sollte man den Herren schon nehmen? Einzig wertvoll waren wohl nur die Objekte aus Zweigs Sammlung, aber sonst? Die Manuskripte? Auch wenn seit ein paar Wochen sehr intensiv geschrieben wurde, ein unfertiges Manuskript dürfte eher wertlos sein. Das Leben? Darüber würden die Herren so lange mit dem Einbrecher diskutieren, bis der verzweifelt aufgeben würde.

„Trotzdem, du musst dich wieder besser konzentrieren!"

Eine Vergesslichkeit beim Zusperren war kein Problem, ein Irrtum bei der Medikamentenvergabe konnte lebensgefährlich sein. Es lag in ihrer Hand.

„So, Ella, dann schalte mal den Tag ein!", schüttelte sie diese Gedanken ab und bediente die Kaffeemaschine. Es folgte das Tischdecken. Übermütig erwog sie, durch ein verkehrtes Zuordnen der persönlichen Tassen die morgendliche Routine durcheinanderzubringen. Aber zu spät, die ersten vier Herren trudelten bereits ein.

„Fräulein Ella, können Sie mir die Batterien in meinem Hörgerät wechseln?", kam die Bitte von Perutz. Und Fried ließ stolz fallen: „Ich hatte heute Nacht einen richtigen Flow beim Schreiben."

Nachdem die Herren mit Kaffee und Extrablatt versorgt waren, begab sich Ella unter dezentem Anklopfen ins Zimmer von Doderer. Sie hätte sich das Anklopfen aber auch sparen können, denn Doderer war nicht da. Er war weder im Bett noch im Zimmer. Sofort starteten zwei Gedanken parallel in ihrem Kopf. „Es ist etwas Schreckliches passiert, höchste Alarmstufe!" und „Dafür gibt es sicher eine ganz einfache Erklärung, ich muss Ruhe bewahren!"

Sie eilte in die Küche und sagte: „Doderer ist weg!", wobei sie erstmals das respektvolle „Herr" vor dem Namen vergaß. Torberg stoppte sein Leberwurstbrot im Anflug auf den geöffneten Mund. Die Herren reagierten langsamer als sonst oder kam es ihr nur so vor? Dann fragte Perutz: „Wirklich? Ist er nicht unter seinem Hut?"

Ella antwortete fast schon gereizt: „Nein, er ist nicht unter seinem Hut, er ist nicht in seinem Bett, nicht im Zimmer ... er ist weg!" Und besorgt fügte sie hinzu: „Der Hut ist auch weg!"

Perutz kombinierte: „Ui, das ist ein eindeutiges Zeichen. Dann ist er wahrscheinlich doch unter seinem Hut, aber eben woanders, da, wo der Hut ist. Wir müssen herausfinden, wo der Hut ist."

Noch bevor Ella darauf eingehen konnte, kam Torberg mit dem Vorschlag: „Vielleicht ist er im Bad?"

Allerdings hätten sie sicher bemerkt, wenn Doderer mit seinem Rollstuhl durch das Vorzimmer ins Bad gefahren wäre. Wie auch immer, Ella schaute nach. Vergeblich. Dann standen sie alle in Doderers Zimmer, um sich noch einmal mit eigenen Augen zu vergewissern, dass er wirklich und tatsächlich verschwunden war. Das Bett war kalt und leer. Torberg lupfte sogar die Decke, um ganz sicherzugehen. Beunruhigt wollte Ella wissen: „Hat er was gesagt? Haben Sie was gehört? Wo könnte er denn sein?"

Das waren eindeutig zu viele Fragen auf einmal. Die Herren hatten keine Antwort. Nach kurzer, stummer Fassungslosigkeit bemerkte Torberg: „Der Rollstuhl. Auch weg."

Daraufhin wagte Perutz so etwas wie den Hoffnungsansatz einer Lösung: „In letzter Zeit war er doch wieder mobiler. Vielleicht ist er spätabends noch zum Servitenwirt auf ein Achterl und dort eingeschlafen. Unter seinem Hut."

„Aber er ist doch meistens nur zusammen mit Torberg raus und in den letzten Monaten gar nicht mehr", entgegnete Fried.

„Trotzdem, lasst uns anrufen und nachfragen", drängte Perutz.

„Da hebt so früh sowieso niemand ab", wandte Torberg ein.

In diesem Augenblick klingelte das Telefon. Erschrocken schauten sie sich an. Das Telefon klingelte nur selten und um diese Uhrzeit war es noch viel ungewöhnlicher. Der Tross bewegte sich in die Küche, Ella hastete voraus und hob ab. Die Herren hörten sie sagen: „Ah, die Polizei, war es wieder zu laut? Hat der Herr Zihal? ... Ja ... ich bin die Betreuerin, ja ... nein ... ja" und konnten verfolgen, wie Ella erst immer blasser wurde, dann den Hörer auflegte, sich langsam tastend auf die Küchenbank sinken ließ und schwieg. Auch die Herren sagten nichts. Endlich antwortete Ella den fragenden Blicken und wieder vergaß sie das „Herr": „Doderer ist tot. Unten an der Strudlhofstiege ist er aufgefunden worden, mit dem Rollstuhl, gestürzt."

Fried hatte sich zuerst wieder gefasst: „Ja, aber wie ist er denn da hingekommen?“ Und Perutz sagte: „Furchbar.“ Und nach einer Weile noch einmal: „Furchbar.“

„Ich soll kommen und ihn identifizieren“, sagte Ella.

Außer Atem und völlig durcheinander traf Ella wenig später am Unfallort ein. Wie ist er zur Strudlhofstiege gekommen? Was hatte er da zu suchen? Vielleicht ist er es ja doch nicht und alles nur ein schrecklicher Irrtum? Aber wo war er dann? Hatte sie sich irgendetwas zuschulden kommen lassen? Hatte sie vielleicht wirklich die Eingangstür nicht richtig zugesperrt? Durfte sie diesen Verdacht dem Inspektor mitteilen oder würde sie sich damit belasten? War ihr in letzter Zeit an Doderer etwas aufgefallen? Nun, alle Herren waren seit einem Monat äußerst lebenslustig und fast euphorisch. Umso tragischer das Ganze!

Inspektor Bommer war schlecht gelaunt. Wieder einmal hatte er nicht ausschlafen können. Er schob die Hornbrille auf der speckigen Nase zurück und begrüßte Ella knapp: „Ich glaube, ich kenne den Herrn, wir hatten bereits Anfang des Jahres das Vergnügen. Und Sie sind die Betreuerin? Bitte kommen Sie.“

Er führte sie an den rotweißen Bändern vorbei, mit denen der Tatort gesichert war. Neben dem kleinen Brunnen am Fuße der Strudlhofstiege lag eine verkrümmte menschliche Gestalt eingezwickt in den Trümmern eines Rollstuhls. Ringsherum eine große Blutlache. Ella trat beklommen näher, beugte sich vor, es war Doderer. Und ja, Perutz wäre beruhigt gewesen, er befand sich unter seinem Hut. Er war blutverschmiert, sah aber durchaus würdevoll aus, oder friedlich, wie man es üblicherweise bezeichnete. Dann wurde sie vom Inspektor mit allerlei Fragen konfrontiert. Sie erzählte ihm alles, auch die Sache mit der eventuell nicht abgesperrten Wohnungstür. Bommer machte sich Notizen.

„Haben Sie eine Ahnung, was der Herr hier gesucht haben könnte?"

„Grundsätzlich nein, er ging nur selten raus. Wenn Sie schon einmal bei uns waren, wissen Sie ja, dass wir sozusagen ein eigenes Kaffeehaus haben. Deshalb müssen die Herren nicht fortgehen, wenn sie allein sein wollen, aber Gesellschaft dazu brauchen. Ansonsten ist das hier natürlich die Strudlhofstiege."

Verwirrt rieb sich Bommer die Stirn. „Dass dies die Strudlhofstiege ist, ist mir bekannt, aber was hat das mit dem Herrn zu tun?"

Nachdem Ella dem Inspektor den Zusammenhang erklärt hatte, deutete sie auf die Messingtafel neben dem Brunnen und sagte: „Da!"

„Was, da?", fragte er.

„Da ist ein Gedicht von ihm."

Bommer ging nicht weiter darauf ein und schloss die Befragung mit den Worten: „Aha. Ich werde hier noch fertig machen und dann zu Ihnen in die Wohnung kommen. Die anderen Herren sollen sich zur Verfügung halten."

Zögerlich machte sich Ella auf den Rückweg, blieb aber noch einmal stehen. Ihr Blick fiel auf die strahlenförmig angeordneten kleinen Steinchen rund um den fischköpfigen Wasserspeier des Brunnens. Sie fühlte sich in diesen Todesfall hineingezogen, was auch immer es war, Unfall, Mord, Selbstmord – für den Inspektor kam offenbar alles infrage außer Raubmord, denn Brieftasche samt Geld befanden sich noch in Doderers Jacke.

Wie betäubt ging sie weiter. Erst jetzt breitete sich Trauer in ihr aus, dicke Tränen ließen ihren Blick verschwimmen. Als sie die Porzellangasse überquerte, musste eine Straßenbahngarnitur der Linie D schrill bimmelnd eine Notbremsung einlegen, damit es nicht zu einem weiteren Todesfall kam.

Die Herren saßen niedergeschlagen im Kaffeehaus und warteten schon. Ella setzte sich zu ihnen. „Ich verstehe es nicht", war alles, was sie hervorbringen konnte.

„Was hat die Polizei gesagt?", fragte Torberg.

„Der Inspektor kommt gleich, um mit Ihnen zu reden. Haben Sie denn irgendeine Idee?"

Hatten sie nicht. Der Tod und die Umstände, die zu ihm geführt haben könnten, waren auch für sie unerklärlich.

Kurz darauf erschien Inspektor Bommer. Er begrüßte Ella mit einem „Ich kenn mich ja schon aus", ging direkt ins Kaffeehaus, ließ sich auf einen der Fauteuils fallen und stellte die Fragen, die ein Inspektor stellen muss. Ob es irgendwelche persönlichen Feinde gab oder ob Doderer Streit mit jemandem gehabt hätte.

„Schauen Sie, junger Mann", antwortete Torberg, „wir haben da draußen niemanden, uns kennt keiner mehr, wer soll uns denn noch Böses wollen?"

Bommer, vom jungen Mann weit entfernt, fühlte sich in Gegenwart der Herren tatsächlich richtig jugendlich. Deswegen ließ er es dabei bewenden. „Wirklich niemand? Denken Sie noch einmal nach!"

Und jetzt fiel ihnen Zihal ein, der immer mit dem Rausschmeißen drohte. Bommer nickte, notierte es und meinte, die Nachbarn würde er sowieso befragen.

„Und das Komitee", hatte Torberg noch einen weiteren Hinweis, „mit dem hatte Doderer einen Konflikt. Aber eigentlich waren nicht die vom Komitee sauer auf ihn, sondern er auf sie. Also hätte eher er das Komitee ins Jenseits befördern müssen als umgekehrt. Vielleicht hat er sogar mal daran gedacht, weil sie ihm wegen seiner Nazi-Vergangenheit den Preis nicht gegeben haben. Aber so schwerwiegend war dieser Konflikt nun auch wieder nicht. Schauen Sie, wir vier Juden hier haben uns schließlich auch mit ihm zusammengerauft."

Perutz sah den verständnislosen Blick des Inspektors und folgerte: „Junger Mann, Sie scheinen einige Lücken in Ihrer Unbildung zu haben."

Ella musste ihn zum zweiten Mal in die Hintergründe einweihen.

„Aha, Herr Doderer war einmal Nazi und hätte fast den Nobelpreis gewonnen und Sie alle sind jüdischen Glaubens", fasste er das Gehörte zusammen, „das macht die Geschichte schon interessanter."

„Nein, nicht alle, Fräulein Ella ist Polin", warf Perutz ein.

„Polin ist doch keine Religion", verbesserte Fried.

„Ist doch egal, wir sind zuallererst doch auch Österreicher", erwiderte Perutz.

„Nein", sagte Zweig, „ich empfinde mich zuerst als Wiener, dann als Jude, dann als Österreicher, dann als Mitglied des deutschen Kulturkreises. Darüber hinaus bin ich Kosmopolit und überzeugter Europäer. Denn nur ein geistig geeintes Europa kann zukünftige Kriegsgefahr und Nationalismus abwenden."

Bommer merkte, dass er den Herren im Team nicht gewachsen war und bat um Einzelgespräche. Den Anfang machte Perutz, weil er gerade neben ihm saß.

„Sie sind also Herr Perutz. Dann erzählen Sie einmal, wie es damals für Sie war, als die Nazis an die Macht kamen. Wie ging es Ihnen vorher und was passierte danach?"

„Was hat denn das mit Doderer zu tun?", wunderte sich Perutz.

„Sie werden schon sehen, außerdem stelle ich hier die Fragen. Also?"

„Ach, wissen Sie, junger Mann, ich möchte darüber gar nicht mehr reden, all das ist schreckliche Vergangenheit und die Geschichte kann nicht mehr korrigiert werden, im Gegensatz zu einem Buch, bevor es endgültig in den Druck geht oder eine Neuauflage erfährt."

„Ich weiß, Herr Perutz", ließ Bommer nicht locker, „bitte erzählen Sie es mir trotzdem."

Also begann Perutz kurz und sachlich das abrupte Ende seiner schriftstellerischen Karriere zu schildern, gerade als sie richtig begonnen hatte, die Flucht ins Exil nach Palästina und seinen dadurch erlittenen ruinösen Verlust der sprachlichen Identität. Bommer kommentierte die Ausführungen mit „Ist ja schrecklich!" oder „Das muss schlimm für Sie gewesen sein!". Jedenfalls fühlte sich Perutz verstanden und derart angeheizt kochte die alte Wut doch noch einmal in ihm hoch und der Inspektor bekam sie brühwarm serviert.

Am Ende der Befragungen, nach geschlagenen drei Stunden, hatte sich Bommer die persönlichen Schicksale aller vier Herren notiert. Auch, dass sie letzte Nacht in der WG gewesen sein wollten und sich das gegenseitig bezeugen könnten.

Zum Schluss kam Ella an die Reihe. Sie konnte aber nur bestätigen, was Bommer inzwischen schon wusste. Die Herren waren extrem alt, sehr gebrechlich, geistig aber ungewöhnlich fit, würden auch gern streiten und sich schnell wieder vertragen. Aber einen Mord an Herrn Doderer, aus welchen Beweggründen auch immer, würde sie keinem von ihnen, nie im Leben, nein, garantiert nicht zutrauen. Außerdem hatten alle Herren in letzter Zeit sehr engagiert an neuen Büchern gearbeitet, auch Herr Doderer. Sie könne es sich also überhaupt nicht erklären, wahrscheinlich ein unglücklicher Sturz, vielleicht wollte er sich am Ort seines größten Erfolges für sein neues Werk inspirieren lassen.

Dann rief Inspektor Bommer noch einmal alle zusammen, schob die Brille die Nase hinauf und stellte fest: „Sie haben damals nahezu alles verloren, mir unter Tränen vom Verlust Ihrer Angehörigen erzählt. Ihr Vater“, dabei schaute er Fried an, „wurde sozusagen vor Ihren Augen totgetreten. Familienmitglieder, Freunde, Verwandte sind unter schrecklichen Umständen in Konzentrationslagern getötet und vergast worden. Ihr eigenes Leben war in höchster Gefahr. Ihre Bücher wurden verbrannt. Man hat Ihnen Haus, Heimat, Einkommensgrundlage und Publikum gestohlen. Man hat Ihnen alles genommen, das Vaterland und die Muttersprache, Sie mussten unter Todesgefahr fliehen ...“, hier machte er eine kleine Pause und einen großen Schritt in der Geschichte vorwärts, „während Ihr Nazi-Kollege lustig weiterleben und arbeiten konnte und für seine Arbeit noch dazu beinahe mit dem Literatur-Nobelpreis belohnt worden wäre. Und Sie wollen mir weismachen, dass Sie keine Rachegelüste verspüren?“

Forschend musterte er der Reihe nach alle Herren durch seine braune Hornbrille. „Nur weil Sie sich gegenseitig ein Alibi geben, heißt es noch lange nicht, dass ich Ihnen glaube. Ich werde alles überprüfen. Und Sie halten sich bitte für weitere Auskünfte zur Verfügung und verlassen das Land nicht.“

Torberg konnte einen leichten Lacher nicht unterdrücken, er stieß Zweig in die Seite. „Gute Idee eigentlich, wie wär’s mit Brasilien? Schönes Wetter, schöne Frauen! Aber bevor wir fahren, bräuchte ich noch neue Zigaretten. Fräulein Ella, ...“

An dieser Stelle griff Ella ein und versicherte dem Inspektor, dass die Herren natürlich für weitere Fragen offen wären, schließlich wollten sie selbst wissen, wie es zum Tod von Doderer gekommen ist.

Nach Bommers Abgang trat Stille ein. Mit seinen Verdächtigungen hatte der Inspektor die Trauer über Doderers Tod vollkommen in den Hintergrund gedrängt. Nun wurde ihnen der Verlust erst richtig bewusst.

„Der Doderer, such a nice guy!", klagte Fried.

„Sein Hut wird mir fehlen", stellte Perutz mit schwacher Stimme fest."

„Ausgerechnet jetzt, wo uns die Lust am Schreiben wieder gepackt hat. Versteh einer das Schicksal!", seufzte Torberg.

Ella hatte inzwischen angefangen, die Morgentabletten zu verteilen, obwohl es schon Mittag war. Der ganze Tag war durcheinander. Als sie zu Doderers Tablettenschachtel griff, verharrte sie, weil da niemand mehr war, der die Hand aufhielt und „Gulp"' machen würde. Torberg bemerkte ihr Zögern und hatte eine Idee: „Geben Sie die Doderer-Pulver doch immer in ein Glas hier auf den Esstisch und jedes Mal, wenn Sie die Pulver verteilen, legen wir eine Gedenkminute für ihn ein."

Alle hielten das für eine ausgesprochen gute Idee, auch Ella. Natürlich sollte sie keine Medikamente offen herumliegen lassen, aber weil die Herren sehr verlässlich waren, stimmte sie zu. Anschließend gab es gleich die erste Schweigeminute.

Nach viel mehr als einer Minute wagte Ella das Schweigen zu durchbrechen: „Dass Sie es nicht waren, ist mir klar. Aber wie ist es denn dann passiert? Herr Doderer konnte mit seinem Rollstuhl doch unmöglich allein dort hinkommen!"

„Ich frage mich schon die ganze Zeit, ob es vielleicht der Zihal war. Immerhin hat das Scheusal einen Schlüssel", sagte Fried.

Torberg war skeptisch. „Kann sein. Ich tippe aber eher auf einen verzweifelten Jugendlichen, der *Die Strudlhofstiege* in der Schule lesen musste und es gehasst hat. Wegen seiner schlechten Deutschnote ist er dann durch die Matura geflogen und hat beschlossen, nicht sich selbst die Stiege hinunterzustürzen, sondern den Doderer."

„Aber wie soll der Typ ihn denn hier aus der WG bekommen haben?“, gab Ella zu bedenken, „Herr Doderer hätte doch sicher um Hilfe gerufen!“

Darauf wusste auch Torberg keine Antwort und so blieben erst einmal nur Ratlosigkeit und Trauer. Etwas verzögert stellte Perutz klar: „Ich geh jedenfalls nicht mehr raus, jetzt, wo wir wissen, dass beim Verlassen des Kaffeehauses das feindliche Ausland beginnt.“

Auch Fried äußerte schwere Bedenken: „Draußen bist du den Gefahren des Zufalls ausgesetzt, du kennst dich nicht mehr aus, du kannst stürzen, das Wetter attackiert dich, die Grausamkeiten der Fremde lauern. Vieles kann dir draußen passieren, du bist allein gegen alles.“

„Wenn man erst einmal zur Tür hinaus ist, kann es sehr leicht passieren, dass man nicht mehr zurückkommt“, ergänzte Torberg.

„Ihr wart doch ewig nicht mehr draußen!“, brummte Zweig.

„Und jetzt wissen wir auch, warum, die Geschichte gibt uns recht“, erwiderte Perutz. „Hier drin haben wir eh alles, was wir brauchen, stimmt's Fräulein Ella?“

Ella war nicht nach Diskussion zumute. Sie verzog sich in ihr Zimmer und schloss die Tür. „Das ist nicht gerecht. Warum passiert so etwas immer mir? Gerade erst war ich so nah dran, das Leben auch ein wenig genießen zu können. Die Herren waren gut drauf, sie schrieben und hatten Spaß. Ich wurde endlich einmal nicht nur gebraucht, sondern auch anerkannt und geliebt. Ich habe etwas zurückbekommen, noch nie hab ich so oft ein ‚Danke‘ gehört!“

„Jaja, Anerkennung kann süchtig machen. Aber reiß dich zusammen, sei doch einmal zufrieden mit dem, was du hast“, wurde sie prompt von der Kopftochter zurechtgewiesen.

„Wäre ich ja gerne, aber es geht mir gerade wieder verloren. Alles geht immer wieder kaputt." Und dann dachte sie an ihre kranke Mutter. Wie lange hatte sie noch zu leben?

Es war ein verflixter Teufelskreis. Sie musste ihre Aufgabe hier bei den Herren erfüllen, damit sie ihre Mutter versorgen konnte. Dabei war ein Besuch in Krakau schon lange überfällig. Aber jetzt konnte sie erst recht nicht weg. Das würde die Mutter ihr sicher wieder übel nehmen.

„Ach, Ella, du bemitleidest dich doch nur selbst!", nervte ihre Kopftochter.

„Na und? Ich bin zwar nicht so alt wie die Herren und gesünder als sie und deine Oma, aber habe ich deswegen kein Recht auf ein glückliches Leben?"

5. APRIL

Inspektor Bommer, eigentlich Gruppeninspektor, aber auf seinen Titel bildete er sich nicht allzu viel ein, saß in seinem Büro. Es war später Nachmittag und er überflog noch einmal das Polizeiprotokoll: „... musste sie nach eigener Aussage erst einmal speiben, denn im Rollstuhl eingeklemmt und von einer großen Blutlache umgeben steckte ein lebloser, grauslich anzusehender Körper. Direkt nach dem Speibvorgang alarmierte die Zeugin die Polizei."

Unbeholfen und nur wenig hilfreich war dieses Protokoll. Ein junger Streifenpolizist hatte die Befragung der Zeugin durchgeführt und er, Bommer, musste sich jetzt mit diesem Fall herumschlagen.

Er betrachtete seine kleine, zierliche Frau, die ihn von einem Foto auf dem Schreibtisch anlächelte. Schon bald würde er mit ihr auf Kreuzfahrt gehen. Nach seinem Pensionsantritt wartete das Nordkap. Nur leider warteten bis dahin auch noch zwei Wochen Arbeit.

Bommer war ein bequemer Mensch. Da es sich beim Fall Doderer aber um seinen vielleicht letzten Fall handelte und er sich nichts nachsagen lassen wollte, hatte er alles Notwendige bereits erledigt oder in die Wege geleitet. Er hatte Herrn Zihal, die anderen Nachbarn und den Hausarzt der Herren befragt. Er hatte alle Taxidienste anrufen lassen, ob es im relevanten Zeitraum eine Fahrt von der WG zur Strudlhofstiege gegeben hätte. Schließlich war er in dem Wirtshaus gewesen, in dem Torberg und Doderer einige Male verkehrt hatten. Der Wirt wusste aber nur von einer Auseinandersetzung mit einem Jugendlichen zu berichten, der, nachdem die Herren etwas lauter geworden waren, zu Doderer gesagt hatte: „Ey Opa, ihr geht jetzt mal besser nach Haus, auf den Zentralfriedhof!“ Daraufhin war Doderer leicht ungehalten gewesen, mehr aber auch nicht.

Jetzt musste sich Bommer nur noch ein wenig mit den Biografien der Herren beschäftigen. Lesen war zwar nicht unbedingt sein Ding – wenn er etwas las, dann nur die Krimis, die er aufgrund seines Berufes zu allen möglichen Anlässen geschenkt bekam -, aber es gab ja das Internet, damit ging's schneller. Überstunden wollte er jedenfalls keine machen. Er wollte nach Haus zu seiner Frau und wieder einen Tag abhaken. Am liebsten würde er die restlichen 14 Tage komplett überspringen und schon jetzt bei einem kühlen Bierchen auf dem Kreuzfahrtschiff sitzen. Mit diesen Gedanken tauchte er in die Recherche und in die Welt der fünf Schriftsteller ein.

6. APRIL

Bommer suchte die WG ein zweites Mal auf. Er traf die Herren beim Frühstück und der morgendlichen Lektüre des Extrablatts an. Auf Seite 5 fand sich die kleine Meldung *„Tod auf der Strudlhofstiege“* und ein Text, der sich wie immer in diesem Blatt dadurch auszeichnete, die Information mit möglichst wenig Worten möglichst sensationell aufzubereiten. Darunter das Foto einer nackten Schönheit mit großer Oberweite, das aber nicht zur Meldung gehörte.

„Der arme Doderer, nicht einmal auf die Titelseite von diesem Schundblatt hat er es geschafft. Gut, dass er das nicht mehr erleben muss!“, sagte Torberg und Fried pflichtete ihm bei: „Zum Glück hat er gerade noch rechtzeitig die Kurve gekratzt.“

„Sie scheinen den Tod Ihres Kollegen ja nicht sehr zu bedauern. Guten Tag, die Herrschaften, gut, dass Sie gerade alle beisammen sitzen, ich hätte nämlich noch ein paar Fragen.“ Unaufgefordert ließ sich Bommer auf einem Küchenstuhl nieder.

Die Herren waren um diese Uhrzeit bisher nur Zihals Besuche gewohnt, daher reagierte Torberg jetzt ähnlich: „Immer herein in die gute Stube. Schön, Sie mal wieder zu sehen. Wir haben Sie schon vermisst, junger Mann. Was darf's denn heute sein, waren wir zu laut, zu vorlaut, zu rauchentwickelnd, womöglich gar zu unanständig? Na, bleiben Sie, gehen Sie doch nicht gleich wieder ... und die Tür bitte sanft zuwerfen!“

„Meine Herren, das ist nicht lustig“, nahm Bommer seine Hornbrille ab und rieb sich den Nasenrücken. „Ich an Ihrer Stelle wäre ein wenig zurückhaltender, Sie werden gleich sehen, warum.“ Er kramte seinen Notizblock aus der Jackentasche.

„Darf ich Ihnen einen Kaffee anbieten?", fragte Ella, um die leicht gereizte Stimmung zu entschärfen, aber Bommer lehnte ab.

„Mein Herr, das ist nicht nett", äffte Torberg daraufhin den Inspektor nach. „Ich an Ihrer Stelle wäre ein wenig zuvorkommender, Sie werden gleich sehen, warum. Fräulein Ella kocht den besten Kaffee in diesem Universum" und zu Ella gewandt: „Fräulein Ella, bitte reichen Sie dem jungen Mann eine Schale, das gebietet die Gastfreundschaft."

Bommer beschloss geduldig zu bleiben. Er ließ sich von Ella eine Tasse Kaffee einschenken und begann, die Herren mit dem derzeitigen Ermittlungsstand zu konfrontieren.

„Herr Zihal hat ein Alibi, er war zur fraglichen Zeit bei einem Treffen seines Modelleisenbahner-Klubs. Die anderen Nachbarn behaupten, Sie nie gesehen zu haben. Wenn Ihr Hausarzt Dr. Hietzinger nicht bestätigen würde, dass Sie noch am Leben sind, könnte man glauben, dass es Sie gar nicht gibt. Aber ..."

„Sag ich doch, meine Rede", unterbrach ihn Perutz, „wir sind der Welt abhanden gekommen."

„... aber an Herrn Doderers Rollstuhl befinden sich Ihre Fingerabdrücke", behauptete Bommer, „und ..."

„Ist doch logisch, wenn der Doderer im Weg steht, schieben wir ihn beiseite und auch sonst helfen wir uns gegenseitig", wurde der Inspektor diesmal von Torberg unterbrochen.

„... und Sie haben ein eindeutiges Motiv: Rache! Da sie sehr belesen sind, wissen Sie sicher, dass Rache eines der häufigsten Mordmotive ist."

„Das musste ja kommen", murrte Torberg. „Es handelt sich ja auch um einen Mord, den jeder begeht, einfach so. Wir bringen täglich einen Nazi um, aus jüdischer Rachsucht. Trotzdem werden es leider mehr statt weniger!"

Das saß, nicht beim Inspektor, aber bei den anderen Herren. Die feine Pointe mit der Anspielung auf einen von Doderers Romantiteln gefiel ihnen.

„Genau, ein Mord, den jeder begeht!", kicherte Fried, ohne dass der Inspektor den Grund verstand, so tief war er in die Biografie der Herren noch nicht eingedrungen.

„Aha, Fried, du warst es", spann Perutz den Faden weiter, „ich versteh dich nicht, Neonazis im Gefängnis besuchen, aber Doderer umbringen, ausgerechnet du, als ultimativer Humanist!"

Auch diese Anspielung blieb für Bommer unverständlich und deswegen war er fast dankbar, als Torberg einen Hinweis gab, den er verstand und der tatsächlich nicht von vornherein auszuschließen war. „Na klar, die Neonazis! Die Geschichte wiederholt sich. Die Neonazis haben Doderer liquidiert, weil er sich mit Juden eingelassen hat. Kauft nicht bei Juden, hieß es doch. Doderer hat zwar nichts bei uns gekauft, aber er hat mit uns Kaffee getrunken und unter einem Dach geschlafen, das ist doch schlimm genug, oder?"

„Miteinander Kaffee trinken ist fast wie Blutsbrüderschaft schließen", bestätigte Perutz.

„Geschlürft hat er", murmelte Fried so leise, dass es Bommer nicht mitbekam. Dafür erntete er einen vorwurfsvollen Blick von Ella, die den Inspektor jetzt mit einer weiteren Tasse Kaffee zu besänftigen versuchte.

Bommer machte sich eine Notiz „Neonazis überprüfen" und wandte sich an Ella: „Frau Wozniak, nun zu Ihnen."

Die Herren schauten erstaunt, ja fast erschrocken, weil ihnen neu war, dass Ihr Fräulein Ella auf einmal Frau Wozniak hieß. Das passte überhaupt nicht zu ihr, es war zu hart, zu dunkel, zu zackig. Ihr Fräulein Ella war hell, offen und freundlich.

„Frau Wozniak, Herr Doderer hatte bei seinem Tod Alkohol im Blut. In Ihrer WG wird Alkohol getrunken?"

Ella schluckte, antwortete dann aber: „Erstens ist es nicht meine WG, sondern die WG der Herren hier und zweitens können die Herren tun und lassen, was sie wollen. Sie sind schon volljährig!"

„Na gut, aber auch von Ihnen gibt es extrem viele Fingerabdrücke am Rollstuhl. Wo waren eigentlich Sie in der fraglichen Nacht zwischen null und zwei Uhr Früh?"

Mehr brauchte es nicht. So gebrechlich die Herren auch waren, so stürmisch umringten sie den Inspektor. Fried zertrümmerte ihm mit einem gezielten Hieb seines Gehstocks die frisch gefüllte Kaffeetasse. Splitter flogen, Kaffee spritzte durch die Küche, alle Herren fielen unverhohlen feindselig über Bommer her.

„Wer hat Ihnen denn ins Hirn geschissen?"

„Dass die bei der Polizei derartige Anfänger auf uns loslassen, eine Frechheit!"

„Eine Unmenschlichkeit sondergleichen!"

Perutz baute sich direkt vor dem Inspektor auf und hob drohend die Faust: „Finger weg von Fräulein Ella, sonst ...!"

Das „Sonst"' hatte er offensichtlich von Zihal übernommen, jedenfalls nutzte Bommer das kurze Zögern um zu fragen: „Sonst was, Herr Perutz? Ich habe gelesen, dass Sie zu Gewalttätigkeit neigen."

Mit diesem Einwand hatte er die wütende Seniorenmeute erst einmal abgelenkt und die ganz große Empörung gedämpft.

„Der und gewalttätig? Der liegt doch nur im Bett und hört Bach und Mahler", wunderte sich Fried. „Was ist daran gewalttätig? Oder ist es schon gewalttätig, wenn man die Musik zu laut hört?"

„Wenn's um Gewalttätigkeit geht, da hätten Sie den Doderer erleben sollen!", meldete sich Torberg. „Der hat neulich sogar eine Teekanne, das müssen Sie sich vorstellen, er hat eine Teekanne exekutiert, weil sie ihm absichtlich auf die Füße getropft hat! Also wenn Sie mich fragen, Doderer, so gewalttätig wie der war, der hat sich selbst umgebracht, weil er so einen Zorn auf sich hatte, wegen der Nazi-Geschichte damals. Der hat sich sozusagen an sich selbst gerächt."

Bommer sackte ein merkliches Stück zusammen. Er fragte sich ganz allgemein und hoffentlich bald zum letzten Mal, warum er diesen Beruf gewählt hatte, und im Speziellen, ob es nicht für Personen über 100 eine generelle Strafunmündigkeit geben sollte, so wie bei Kindern.

Bittend hielt er den Griff seiner zerschlagenen Tasse in Richtung Ella. „Frau Wozniak, dürfte ich doch noch eine ..." und Ella reichte ihm eine neue Tasse Kaffee. Bommer nahm einen Schluck, seufzte, ob aus Erschöpfung oder aus Freude über den Kaffee war nicht genau zu erkennen, wischte sich den Schweiß von der Stirn und fasste genervt zusammen: „Sie wissen, dass Sie alle schwer verdächtig sind. Und auch wenn Sie sich gebärden wie die kleinen Kinder, Sie werden mich nicht an der Nase herumführen. Ich hatte immer einen guten Riecher und der sagt mir, dass hier etwas nicht stimmt. Vier Juden, die alles verloren haben, und ein Ex-Nazi, der fast den Nobelpreis gewinnt, das stinkt nach Vergeltung, das müssen Sie doch zugeben!" Verbissen klammerte sich Bommer an seine bisher einzige Spur. Und weil er bemerkte, dass Ella Einspruch erheben wollte, raunzte er sie an: „Mit Ihnen bin ich auch noch nicht fertig, Sie haben hier doch alles unter Kontrolle und die Herren im Griff. Ist doch klar, dass die sich schützend vor Sie stellen. Womöglich haben Sie die Herren instrumentalisiert, zu was weiß ich auch immer."

Kaum war ihm dieser Satz über die Lippen gekommen, wusste er, dass er einen Fehler gemacht hatte. Gleich würden die Herren über ihn herfallen und ihn lynchen, um Frau Wozniak zu verteidigen. Schützend legte er die Hände um seine Kaffeetasse. Torberg erhob sich auch schon und holte aus, allerdings überraschend ruhig und gefasst.

„Junger Mann, da Sie uns ja doch nicht glauben, dass wir unschuldig sind, und bevor Sie weiter unser Fräulein Ella verdächtigen, möchten wir ein Geständnis ablegen."

Bommer atmete auf. Na endlich, dachte er.

„Ja, Ihr Verdacht stimmt. Wir als Team haben Herrn Doderer absichtlich und vorsätzlich ins Jenseits befördert. Was Sie allerdings nicht wissen, ist, dass der Rachemord ursprünglich ganz anders geplant war.

Zuerst wollten wir den Doderer tottreten, so wie es die Nazis mit Frieds Vater getan haben. Schwere Stiefel anziehen, ihn aus dem Rollstuhl kippen und so lange auf ihn eintreten, bis er bereuen würde, jemals auf die Welt gekommen zu sein. Auch wenn das Blut schon aus dem Mund und überall rausrinnt und er sich vor Schmerzen krümmt und um Gnade winselt, wenn die Knochen knacken und die Milz platzt, immer noch weiter zutreten, in die Visage, in den Bauch.

Das aber fanden wir zu banal. Es wäre besser, ihn zu vergasen, so wie die Nazis es mit Millionen Juden gemacht haben, mit unseren Angehörigen und Freunden, in Mauthausen, Buchenwald, Dachau oder Auschwitz. Wir wollten sein Zimmer wie in einem der Lager herrichten, mit einem Holzverschlag und stinkenden Strohsäcken. Wir wollten ihm die Heizung abdrehen und ihn aus einem Hundenapf fressen lassen. Wir hätten ihm einen gestreiften Pyjama angezogen, ihm eine Nummer auf den Unterarm gebrannt, ihn täglich bis zur Besinnungslosigkeit ausgepeitscht, um ihn dann mit eiskaltem Wasser wieder fit zu machen für die tägliche Drecksarbeit bei uns in der WG. Und wir hätten ihn im Unklaren darüber gelassen, wann aus der Dusche nur Wasser und wann Gas kommen würde.

Aber dann hatten wir eine noch bessere Idee. Vergasen geht doch viel zu schnell und schmerzlos. Mehr Genugtuung hätte uns ein langsames, psychisches Zu-Grunde-Richten bereitet. Hier in der WG hätte es doch niemand bemerkt, wenn wir sein Zimmer vollgesprayt hätten mit ‚Nazi verrecke'-Sprüchen, wenn wir ihm Stifte und Schreibmaschine zerstört, seine Bücher vor seinen Augen verbrannt und genüsslich ins Feuer gepinkelt hätten. Wir hätten ihm ohne Betäubung die Goldzähne gezogen, ihn im eigenen Urin und Kot liegen lassen, ihn halb nackt unseren Fußboden und die Klomuschel mit seiner Zahnbürste schrubben lassen, ihn täglich bespuckt und mit irgendwelchen Gegenständen vergewaltigt. Auch medizinische Experimente und ähnlich nette Sachen waren geplant."

Hier machte Torberg eine Pause, um dann fortzufahren: „Nun gut, letztendlich haben wir ihn einfach nur die Stiege runtergeschubst, wir sind ja keine Unmenschen."

Still tickte die Küchenuhr. Man hätte die Wanzen in ihren Ritzen schweigen hören können, wenn es denn welche gegeben hätte.

Ella war während der Ausführungen verfallen und auch der Inspektor brauchte jetzt unbedingt seinen vierten Kaffee. Ella schenkte blass und mit zitternden Händen nach.

Dann sagte Bommer: „Schon gut, meine Herren, hören Sie auf, ist schon gut. Ich habe verstanden. Vielleicht war es tatsächlich nur ein Unfall und es ist lediglich zu klären, warum und wie Herr Doderer zur Strudlhofstiege gekommen ist. Es bleibt jedenfalls ein Rätsel. Hier ist meine Karte, wenn Ihnen noch etwas einfällt, rufen Sie mich an."

8. APRIL

Seit Doderers Tod fühlte sich Ella von einer schwarzen Wolke verfolgt, die einen Schatten auf alles warf, was sie dachte und tat. Doderer fehlte ihr. Die Herren schienen leichter über den Verlust hinwegzukommen. Vielleicht, weil sie in ihrem langen Leben schon sehr viel mehr Abschiede hatten erleben müssen.

Klarerweise war aber die euphorische Stimmung umgeschlagen. Gedämpfter und ruhiger ging es jetzt zu. Dafür schrieben die Herren umso eifriger. Und sie überlegten bereits, wer als neuer Mitbewohner für die WG in Frage käme.

„Fräulein Ella, was meinen Sie", wollte Torberg wissen, „wer würde besser zu uns passen, Franz Schubert oder Sigmund Freud? Wir sollten die einfach fragen. Man wird sie sicher noch irgendwo auftreiben können, die sind doch auch unsterblich und vom Alsergrund, so wie wir."

Ella stockte, wies dann aber nicht darauf hin, dass der ebenso vermeintlich unsterbliche Doderer soeben verstorben war. Stattdessen sagte sie, dass sie es pietätlos fand, noch bevor Herr Doderer unter der Erde war über einen neuen Mitbewohner nachzudenken. „Und übrigens, nur zur Erinnerung, die Beerdigung ist morgen Vormittag."

„Fräulein Ella?", murmelte Torberg.

„Ja, was denn?"

„Würden Sie es uns sehr verübeln, wenn wir nicht hingehen? Ganz ehrlich, es ist uns zu beschwerlich und Sie wissen ja, dass vor dem Kaffeehaus das feindliche Ausland beginnt. Wenn Doderer nicht rausgegangen wäre, gäbe es morgen auch keine Beerdigung. Aber bitte nehmen Sie das von uns mit und geben Sie es ihm ins Grab, er wird es noch brauchen."

Dabei deutete er zur Kredenz, auf der Doderers Schreibmaschine, eine Pfeife und sein Kaffeehäferl warteten.

„Wie soll ich das denn transportieren?“, wehrte sich Ella, aber Fried wusste gleich eine Lösung: „Sie können mein Plastiksackerl haben, ich borge es Ihnen.“

9. APRIL

Ella ertappte sich dabei, schon eine kleine Ewigkeit auf ihren Zähnen herumzuputzen. Sie hatte an Doderer gedacht, wie er morgens immer im Bett lag, mit dem Hut im Gesicht. Wie er rauchend im Rollstuhl am Schreibtisch saß. An sein selbstherrliches Verhalten und den unbedingten Wunsch nach Anerkennung. Sein rollendes R und die theatralische Art zu reden. All das war Geschichte. Sie musste sich wohl oder übel an den Gedanken gewöhnen, dass die WG jetzt ein Mitglied weniger hatte. Vielleicht sollte man wirklich, wie die Herren meinten, nach einem neuen Mitbewohner Ausschau halten. Aber erst einmal stand die Beerdigung an. Ella kleidete sich in Schwarz und machte sich auf den Weg.

Am Ausgang der U-Bahnstation nahm sie wie immer das Extrablatt aus dem Zeitungsständer, überflog die Schlagzeile des Tages „*Mord oder Unfall? Fenstersturz am Tag der offenen Tür*“ und realisierte, dass sie nicht die Einzige mit einem Trauerfall war. Es bestärkte sie, Doderers Tod als natürlichen Teil und Abschluss des Lebens zu akzeptieren.

In der Porzellangasse betrat sie das Blumengeschäft *Zweigstelle*, um das Grabgesteck abzuholen. Auf Wunsch der Herren war ein fröhlich-bunter Frühlingsstrauß bestellt worden.

Als Ella in die WG kam, saßen Zweig und Fried schon am Frühstückstisch.

„Guten Morgen, Fräulein Ella“, wurde sie begrüßt. „Aaah, die Blumen, danke fürs Besorgen, sehr schön sind die! Und die Zeitung können Sie uns gleich geben.“

Ella reichte das Extrablatt weiter, schaltete die Kaffeemaschine an und überlegte, in welchem Gefäß sie die Blumen bis zur Beerdigung wässern könnte. Weil der Strauß sehr groß war, ging sie schließlich Doderers blaue Waschschüssel aus dem Bad holen.

„Herr Torberg und Herr Perutz schlafen noch?", rief sie fragend über die Schulter. Statt einer Antwort hörte man die schlurfenden Schritte von Perutz, der sich von der Toilette in sein Zimmer bewegte. Mit der Waschschüssel in der Hand kehrte sie in die Küche zurück. Stumm streckte ihr Fried das Extrablatt entgegen.

Was dann in Ellas Kopf vorging, kam einem sich nähernden Hurrikan gleich. Ihr Wahrnehmungshorizont wurde eindimensional, alles dunkel und bleiern, eine lastende Ruhe kündigte das Unheil an. Sie las die Schlagzeile, die sie in der Früh schon gesehen hatte, sowie den dazugehörigen Text:

„Mord oder Unfall? Fenstersturz am Tag der offenen Tür

Tödlich endete der Tag der offenen Tür für einen Ex-Schüler des Wasa-Gymnasiums in Wien Alsergrund. Der Schriftsteller Friedrich Torberg stürzte aus einem Fenster im dritten Stock 12 Meter in die Tiefe. Ironischerweise landete Torberg genau vor der Gedenktafel, die zu seinen Ehren an der Schule angebracht ist."

Ella las es, begriff es aber nicht. Sie glaubte an Einbildung und dass mit Torberg alles in Ordnung wäre, stattdessen ihr Verstand versagte. Sie zweifelte an dem, was sie gerade gelesen hatte, und wusste gleichzeitig, dass es traurige Gewissheit war. Die Herren erzählten ihr später, dass sie wie ferngesteuert in der ganzen Wohnung herumgesucht hätte, sie mehrmals „nein" und „ja" gesagt und sich hingesetzt hätte, nur um wieder aufzustehen, dass sie überhaupt nicht ansprechbar gewesen wäre.

„Aber wie ist das möglich, ich hab ihm doch gar nicht seine Thrombosestrümpfe angezogen, er ist einfach ohne raus und der Doderer ...", erst jetzt kehrte sie langsam in die Wirklichkeit zurück und wieder vergaß sie das „Herr", „der Doderer hat doch heute Beerdigung, wie soll das denn gehen, was machen wir denn jetzt, ich kann doch nicht ... was denn?"

Perutz hatte ein Glas Wasser geholt und hielt es ihr hin. Sie nahm es dankbar, trank einen Schluck und war dann allmählich so weit bei Sinnen, um zu begreifen, dass sie den Inspektor anrufen musste.

Der wusste schon Bescheid und befand sich bereits auf dem Weg.

„Na junger Mann, was wollen Sie uns diesmal umhängen? Dass wir Torberg aus dem Fenster geschmissen haben, weil er ein Brecht-Gegner war und wir glühende Brecht-Verehrer? Als Rache für den damals von ihm veranlassten Brecht-Boykott? Ach, das versteht er ja wieder nicht, Fräulein Ella, bitte erklären Sie es ihm!“, empfing Fried den Inspektor wenig freundlich und fügte gleich hinzu: „Glauben Sie uns nun wenigstens, dass wir den Doderer nicht auf dem Gewissen haben, jetzt, wo es auch einen von uns Juden erwischt hat?“

„Glauben tu ich erst einmal gar nichts, aber es wirft schon ein neues Licht auf den Fall“, ließ sich Bommer schnaufend nieder. „Ist ja auch möglich, dass Herr Torberg erst Herrn Doderer und dann sich selbst gerichtet hat.“

„Nein“, sagte Perutz mit Bestimmtheit, „Torberg war's sicher nicht.“

„Soso und wer soll es Ihrer Meinung nach gewesen sein?“

„Na er. Jetzt hat er schon zwei von uns auf dem Gewissen.“

„Wer denn?“

„Na der, der immer an die Tür klopft.“

„Der Herr Zihal von oben?“

„Nein, der klopft ja nicht, der kommt so rein, mit seinem Schlüssel. Ich meine den mit den knöchernen Fingern, das ist der Täter, den Sie suchen, junger Mann. Den sollten Sie verhaften.“

Bommer musste tief durchatmen, die Herren machten ihn fertig. Dann schaute er sich in Torbergs Zimmer um, konnte aber nichts Auffälliges entdecken. Auch die üblichen Fragen ergaben nichts. Torberg hatte kurz nach Ella die WG verlassen und die anderen waren angeblich die ganze Zeit in der Wohnung gewesen. „Hat sich denn Herr Torberg in den letzten Tagen irgendwie ungewöhnlich verhalten, hat ihn zum Beispiel der Tod von Herrn Doderer besonders getroffen?"

„Natürlich war er etwas in sich gekehrt, traurig und betroffen wie wir alle. Wie man eben drauf ist, wenn man einen guten Freund verliert. Aber ist es nicht merkwürdig", fragte Perutz dann, „dass Doderer auf einem Schauplatz seines Romans gestorben ist und Torberg jetzt im Gymnasium aus dem Fenster stürzt, genauso wie der Schüler Gerber?"

„Vergiss es, Perutz, der junge Mann hat doch nie etwas anderes als das Fernsehprogramm gelesen", winkte Fried ab.

Tatsächlich schaute Bommer verständnislos und Ella gab erneut Nachhilfe in Literaturkunde. Hinsichtlich des Brecht-Boykotts, dass Torberg fünf Jahre lang die Aufführung von Brecht-Stücken in Österreich verhindert hatte, und in Bezug auf den Schüler Gerber, der in einem der bekanntesten Werke von Torberg aus Angst vor einem negativen Maturazeugnis aus dem Schulfenster springt.

„Ich glaub's nicht, jetzt werd' ich auf meine alten Tage noch zum Literatur-Experten", Bommer rieb sich die Stirn, „aber ein derartiger Bezug zu den Büchern ist tatsächlich auffällig. Können Sie sich denn vorstellen, dass es sich um einen Suizid handelt, wie im Buch?"

„Schwer zu sagen", wiegte Perutz seinen Glatzkopf, „er hat nicht den Eindruck erweckt, alles hinschmeißen zu wollen."

„Und wie ist er überhaupt in die verdammte Schule gekommen? In dem Greisenalter geht man doch nicht mehr zur Schule!" Bommer wirkte genervt.

„Tag der offenen Tür, der Tag, an dem sich Volksschüler

und ihre Eltern die weiterführenden Schulen anschauen", antwortete Ella.

„Ach ja, richtig, das stand in der Zeitung. Aber, Frau Wozniak, trauen Sie Herrn Torberg zu, rein körperlich meine ich, mit seinem Rollator von hier bis zum Gymnasium in der Wasagasse und dort drei Stockwerke rauf? Das ist doch ein ziemlicher Weg!"

„Möglich wäre es, aber sehr unwahrscheinlich, zu anstrengend für ihn."

„Könnte es sein, junger Mann, dass es sich bei dem Täter um einen Literatenhasser handelt?", griff Perutz jetzt die Theorie auf, die Torberg in Bezug auf Doderers Tod geäußert hatte. „Um einen krankhaften Ritualmörder, der gegen das Bildungsbürgertum kämpft, um einen irregeleiteten Gymnasiasten, der gezwungen wurde, Bücher von Doderer und Torberg zu lesen, und sich jetzt berufen fühlt, künftige Schülergenerationen von diesen entsetzlichen, prähistorischen Schriftstellern zu befreien?"

Bommer dachte: Mein Gott, ich habe diese Schulklassiker auch gehasst! Im Augenblick wusste er allerdings nicht, ob er die Herren in Buchform oder real unerträglicher fand.

Er verließ die Wohnung, aber nicht das Haus. Seine Literatur-Unkenntnis gab ihm zu denken. Zwar vermutete er, dass 95 Prozent der Bevölkerung ähnlich unbedarft waren, was ihn beruhigen würde, denn man fühlt sich besser, wenn man nicht allein der Dumme ist. Aber nun wollte er die Probe aufs Exempel machen und läutete ein Stockwerk höher bei Zihals.

In der WG fragte Fried die anderen: „Könnt ihr euch vorstellen, dass Torberg den Doderer und dann sich selbst ...?"

„Niemals!", war sich Perutz sicher, aber Zweig schwankte. „Ich weiß nicht, was wenn doch?"

„Dann hast du Glück gehabt, dass Torberg nicht dich, als alten Karl Kraus-Gegner ..."

„Das ist doch alles längst verjährt und kein Grund, jemanden umzubringen. Wir sollten lieber abwarten, was die Polizei herausfindet."

„That's so typical. Du willst dich aus allem raushalten. Wir sind hier zu fünft in der WG, da kann man nicht einfach so tun, als ob man nicht dazugehört", fand Fried.

„Wir waren zu fünft", korrigierte Perutz. „Jetzt sind wir nur noch zu dritt. Umso mehr müssen wir zusammenhalten."

Dieser Meinung war auch Ella, obwohl sie sonst kaum einen klaren Gedanken fassen konnte. Doderer tot, Torberg tot, die restlichen Herren stritten. Ihre sicher geglaubte kleine Welt geriet aus den Fugen. Und gefrühstückt hatte auch noch keiner. Wie automatisch deckte sie den Tisch. Kaffee, Milch, Brot, Butter, Marmelade. Für die Medikamente war es schon wieder sehr spät: 10 Uhr 30.

„Um Himmels Willen", stöhnte sie und musste sich setzen.

„Fräulein Ella, was ist?", fragte Perutz besorgt.

„Die Beerdigung. Ich hab sie verpasst. Es geht aber auch alles schief."

„Das ist ja nicht Ihre Schuld, Sie tun doch, was Sie können. Der Doderer wird's Ihnen bestimmt verzeihen. Und jetzt, wo auch noch der Torberg ..." Es schnürte Perutz die Kehle zu.

Sie saßen eine Weile wortlos am Tisch. Dann verteilte Ella die Tabletten. Die für Doderer wieder ins Glas. Mit Torbergs Schachtel in der Hand schaute sie die Herren fragend an. Diese nickten und sie leerte auch Torbergs Medikamente in das Glas in der Mitte des Tisches.

Im Stockwerk über der WG öffnete Zihal die Tür. „Na, hat man endlich ... den Täter? Oder, exaktens ... die Täter", empfing er den Inspektor lachend. „hat man die Juden da unten ... schon dingfest ...?"

Bommer wollte auf diesen jovialen Ton nicht eingehen, schob sich an Zihal vorbei in die Wohnung und kam zur Sache: „Es gibt einen neuen Fall. In der vergangenen Nacht ist auch Herr Torberg unter mysteriösen Umständen ums Leben gekommen. Vielleicht können Sie mir weiterhelfen."

„Aber bitte, wenn man der Ordnung zu ihrem, jawoll sowieso, Recht und Ordnung. Was ist denn, wie ist denn der Herr Torberg ...?"

Bommer unterbrach Zihal und fragte, wo er letzte Nacht gewesen war. Diese Frage hatte immer eine einschüchternde Wirkung, danach war für gewöhnlich Schluss mit der Jovialität, egal ob echt oder gespielt. Und richtig, Zihals selbstbewusstes Lachen schrumpfte zu einem verkrampften Lächeln. Während Bommer erfuhr, dass Zihal diesmal kein Alibi hatte, außer dass er angeblich zu Hause gewesen war und seine monumentale, blond gefärbte Frau, die inzwischen hinzugekommen war, das bezeugen könnte, ließ er seinen Blick durch das pedantisch ordentliche Wohnzimmer schweifen. Über den braunen Teppichboden, die dunkle Einbauschrankwand und die schweren Vorhänge vor den Fenstern. Niemand konnte hineinschauen, aber auch niemand hinaus. So war das blond gefärbte Frauenzimmer noch das Hellste in diesem Raum. Bommer korrigierte den Sitz seiner Brille, um im schummrigen Licht die Schrankwand begutachten zu können. Neben dem eingebauten Fernseher standen ein Hochzeitsfoto der Zihals, ein Foto der verstorbenen Eltern von Zihals Frau, ein Familienfoto des Sohnes mit jeder Menge Kindern und außerdem gab es deutlich mehr Bücher als erwartet.

Bei genauem Hinsehen wurde er aber doch in seinem Vorurteil bestätigt. Die meisten Bücher betrafen lediglich Zihals Hobby, die Modelleisenbahn. Dann fanden sich da noch die Dienstvorschriften für Beamte im Finanzministerium sowie einige Konsaliks. Als Mensch war er beruhigt, denn wie vermutet gehörte er keiner unbelesenen Minderheit an. Beruflich war er enttäuscht, hatte er doch gehofft etwas zu finden, das ihn in den Todesfällen weiterbringen könnte. Misslaunig sah er sich um und griff nach einem Stapel Versandkatalogen.

Volltreffer.

Unter den Katalogen lagen fünf Bücher: Doderers *Strudlhofstiege*, Torbergs *Der Schüler Gerber*, *Der Meister des Jüngsten Tages* von Perutz, der Gedichtband *Was es ist* von Fried und die *Schachnovelle* von Zweig.

Zihal wäre am liebsten vor Scham im Boden versunken. Dass man ausgerechnet bei ihm echte Literatur, noch dazu Bücher von seinen Mietern, finden würde, war ihm peinlich.

„Das hat nichts ... es ist nicht so, wie es ... man kann alles ... ", stammelte er, noch bevor Bommer überhaupt etwas gesagt hatte. Aber nun sagte er etwas, nämlich: „Wonach sieht's denn aus?"

„Als ob man ein heimlicher Fan von denen da unten ... Dabei ist das Gegenteil ... Ein ernster Mensch liest doch, genau, exaktens, keine ... und die fünf da, man will ja nur wissen, mit wem man in seinem Haus ... wohnhaft. Aber gelesen? Nein. Nur ein wenig in dem von diesem Zweig. Das andere ... nicht zum Aushalten, kein Wunder dass das damals verbrannt ... Am schlimmsten die *Strudlhofstiege*. So eine schöne Stiege, im Prinzip, und dann so ein Buch. Kann ja kein Mensch lesen, Papierverschwendung, jawoll!"

„Herr Zihal, meine Sorge war keineswegs, dass Sie zum belesenen Kreis des Landes gehören, ich übrigens auch nicht, wenn Sie das beruhigt. Es ist nur so, dass die Todesfälle von Herrn Doderer und Herrn Torberg eng mit ihren Büchern und deren Inhalt verknüpft sind. Und jetzt finde ich diese Bücher hier bei Ihnen."

„Was? Sonst hat die ... niemand? Na kein Wunder. Aber geschworen, mit den Toten hat man, exaktens ... nichts zu tun!"

„Nun sag's dem netten Herrn Inspektor schon, Hasi", schob sich jetzt die Hausherrin an Bommer heran, „du hast sie doch nur gekauft, weil du dachtest, da steht was drin, um etwas gegen die da unten in der Hand zu haben. Um sie endlich loszuwerden."

Bommer trat einen Schritt zurück. „Also was jetzt, Herr Zihal, haben Sie die Bücher gelesen oder nicht?"

„Sie müssen entschuldigen, Herr Inspektor, mein Gatte ist immer so unhöflich, setzen Sie sich doch erst einmal, möchten Sie vielleicht ein Gläschen Eierlikör?"

Erneut wich Bommer der massiven Beeinflussung aus und winkte ab. Aber so schnell entkam er nicht.

„Wissen Sie, Herr Inspektor, hier bei uns hält man nicht viel von Büchern, das sollen die Buchhalter tun, die werden dafür bezahlt, haha, wirklich kein Eierlikörchen? Sie sehen so durstig aus. Ach so, die Bücher. Ja, er hat ein bisschen in den Büchern herumgeblättert, aber die Gedichte und die *Strudlhofstiege*, nein, das kann ja kein normaler Mensch lesen. Wirklich nicht. Ich schwör's!"

„Das sagte Ihr Gatte bereits. Und wenn alle Leute, die ihre Unschuld beschwören, tatsächlich unschuldig wären, dann bliebe mindestens die Hälfte aller Verbrechen ohne Täter. Außerdem, im Fall Ihres Gatten, ein Buch zu lesen ist ja noch kein Verbrechen." Hiermit wandte sich Bommer wieder Zihal zu.

Dieser zog verlegen seine Hose hoch und stammelte: „Aber was hat das dann mit mir ... Herr Inspektor, wie ist denn der Herr Torberg ...?"

„Aus dem Fenster seiner ehemaligen Schule gestürzt, so wie die Hauptfigur in seinem Buch, Sie haben es ja gelesen."

„Aber Herr Inspektor, so etwas würde ich doch nie ..."

„Sie haben angeblich gedroht, die Herren hinauszuwerfen!"

„Aber doch nicht ... aus dem Fenster!"

„Wenn Sie mir bitte Ihren Schlüssel zur WG geben. Es ist aus ermittlungstaktischen Gründen besser, wenn Sie dort nicht mehr auftauchen."

Eingeschüchtert schlich Zihal zum Schlüsselbrett im Vorzimmer. „Der hängt hier nicht", hörte man ihn von dort rufen.

Jetzt wurde Frau Zihal bis zu den blond gefärbten Haarwurzeln rot und auffallend liebenswürdig: „Aber Hasilein, ich hab ihn doch" und zog den Schlüssel aus ihrer Tasche.

„Was, du? Wieso? Du gehst doch nie runter!"

Bommer wurde hellhörig. „Haben Sie mir etwas mitzuteilen, Frau Zihal?"

Pause.

„Ja, nein, ich hab den, weil ... ich gerade vorhin die Schlüssel abgestaubt habe. Der viele Feinstaub, wissen Sie. Vielleicht doch ein Eierlikörchen?"

„Aber alle anderen hängen doch noch am Brett", stellte Zihal verständnislos fest.

„Und ich weiß vor allem, dass Sie morgen früh um neun Uhr einen Termin haben, bei mir in der Dienststelle." Neun Uhr war für Bommer recht früh, aber er freute sich schon, die zudringliche Frau Zihal einem kleinen Verhör zu unterziehen. Dann ging er und ließ eine Hausherrin mit Eierlikörflasche in der Hand und einen verzweifelten Gatten zurück. Dieser fiel in den Fernsehsessel und stöhnte: „Jawoll, die Polizei."

Im Stockwerk darunter zogen sich Perutz, Fried und Zweig in ihre Zimmer zurück, während Ella den großen Blumenstrauß aus der Waschschüssel nahm, wieder ins Papier einwickelte, das sie extra aufbewahrt hatte, und sich auf den Weg zum Friedhof machte. Dort war natürlich niemand mehr anzutreffen, aber sie konnte Doderers Grab an der frisch aufgeworfenen Erde erkennen. Das einzig Gute am Verpassen der Beerdigung war, dass sie nicht in die peinliche Situation kam, Schreibmaschine, Pfeife und Häferl mit in die Grube geben zu müssen. Den bunten Frühlingsblumenstrauß legte sie ganz oben auf die Grabstelle. Dann faltete sie die Hände und gedachte Doderers. Worüber hatte er noch schreiben wollen in seinem Opus Magnum? Was hatte ihn ein letztes Mal so aufleben lassen?

Im Stockwerk über der WG hatte Frau Zihal zu alter Form zurückgefunden. Sie fuhr ihren Gatten an: „Du musst runtergehen und dich entschuldigen!“

„Bei denen? Wie denn ... kannst du nicht?“

„Ich kenn die doch gar nicht! Und wenn du sie nicht immer so geschimpft hättest, hätten wir das Problem jetzt nicht!“

„Aber das haben wir doch gemeinsam, wir wollten sie doch hinaus ... die Alten, damit unser Helmut in die große Wohnung ... und die ganzen Kinder. Richtig korrekt rausekeln muss man sie, hast du selbst ...“

„Ja schon, aber doch nicht so, dass der fesche Herr Inspektor denkt, du hättest die umgebracht.“

„Aber es konnte doch niemand, das steht doch nicht in der Hausordnung, dass die ... einfach hops.“

Da Perutz im Stockwerk darunter auf seinem Bett lag und sehr laut Bachs Arie „Ich habe genug“ hörte, bekam niemand in der WG mit, dass es bei den Zihals immer stürmischer zuging.

„Und die Bücher hättest du auch nicht so offen rumliegen lassen dürfen!“, zeterte Frau Zihal.

„Wieso, du hast sie doch zuletzt ...!"

„Ja, aber nur weil ich mir vorne die Bilder anschauen wollte."

„Jedenfalls hast du sie dann ...!"

„So lagen sie vorher aber auch schon, mit den Katalogen oben drauf!"

Nachdem sie schnell ein Glas Eierlikör geleert hatte, stellte sie fest: „Bücher sind zu nichts gut, die bringen nur Unglück." Und dann keifte sie weiter: „Du gehst jetzt runter, entschuldigst dich und wünschst herzliches Beileid!"

„Was? Das auch noch?"

„Ja, das gehört sich so. Wenn mein Papa noch leben würde, der würde sich entschuldigen. Aber du hast ja keine Ahnung, was sich gehört, sonst hättest du die auch nicht gleich so beschimpft, dass der fesche Herr Inspektor denkt ... Oder hast du sie am Ende wirklich ... zuzutrauen wär's dir! Und hör endlich auf an deinem Schnauzbart herumzuzupfen, ist ja widerlich!"

„Aber ..."

Im Stockwerk darunter hatte Perutz inzwischen genug von der Musik und es war wieder ruhig in der WG. Ella kam vom Friedhof zurück und schlüpfte gerade in den Arbeitskittel, als es schüchtern an der Tür klopfte. Sie öffnete. „Nanu, Herr Zihal, Sie klopfen doch sonst nicht."

„Ja nun, es ist ja jetzt alles ... es ist nun doch einiges passiert, sozusagen. Dürfte man vielleicht kurz herein ... eintreten?"

„Kommen Sie", antwortete Ella und rief dann in Richtung Zimmer der Herren: „Herr Zihal ist da, wenn Sie bitte rauskommen könnten?!"

Es dauerte eine Weile, bis die Köpfe hinter den Türen hervorschauten.

Zihal hielt den Blick gesenkt, trat verlegen auf der Stelle hin und her und wusste nicht, wohin mit den Händen. „Ja nun, es ist ja nun einiges, sozusagen, passiert. Und das neulich war gar nicht so ... Man ist manchmal etwas, es war ja nur wegen der Hausordnung, exaktens, gemeint."

Er machte eine Pause, die Herren reagierten nicht. „Und man hatte schlecht geschlafen, meine Frau auch, da kann es schon mal ... aber es war nicht so. Sowieso. Dafür auch eventuell, genau, eine Entschuldigung, falls man ... so ist man nun einmal."

Die Herren reagierten immer noch nicht und ließen Zihal weiter herumstammeln. „Und meine Frau, die Hausordnung, man wollte nur, aber da ist nun einiges geschehen, wie man weiß ... das ist nicht so ganz ... fein, deshalb."

Jetzt erbarmte sich Zweig: „Nun lassen Sie es gut sein, Herr Gevatter. Und Sie brauchen uns auch nicht mehr mit dem Rausschmeißen zu drohen, das schaffen wir, wie man sieht, schon ganz allein."

„Na dann ist ja ... alles in Ordnung also. Und herzliches Beileid, meine Frau auch!" Sichtlich erleichtert drehte sich Zihal um und verließ schnurstracks und ohne „Rumms" die WG.

„Sag mal spinnst du, Zweig?", stellte ihn gleich danach Perutz zur Rede. „Was soll das heißen, wir schaffen das ganz allein? Verdächtigst du tatsächlich Torberg, dass er erst Doderer und dann sich ...? Traust du einem von uns so etwas zu?"

„Ich hab eben keine sehr hohe Meinung von der Menschheit", antwortete Zweig.

„Ich finde auch, dass wir ihm verzeihen sollten", sagte Fried.

„Aber Torberg war's doch gar nicht, wieso sollten wir ihm verzeihen?", empörte sich Perutz.

„Ich mein' doch das arme Würschtel, den Zihal, dem sollten wir vergeben."

Jetzt reichte es Perutz: „Immer musst du allen vergeben! Irgendwo muss der Humanismus auch Grenzen haben. Schließlich ist der Mensch ein Un, hast du doch selbst gedichtet, Fried!“

„Darf ich auch mal etwas sagen?“ Ella hielt die Spannungen nicht mehr aus. „Ich weiß, dass die letzten Tage sehr belastend für Sie waren. Für mich übrigens auch. Aber Herr Doderer und Herr Torberg würden bestimmt nicht wollen, dass Sie sich gegenseitig anfeinden. Im Gegenteil, sie würden wollen, dass wir uns vertragen und weitermachen. Mir fehlen die beiden schon sehr.“

„Mir auch“, schloss sich Perutz sofort an.

„Man wird wohl noch seine Meinung sagen dürfen“, maulte Fried und Zweig brummelte in sein Oberlippenbärtchen, dass er sowieso Besseres zu tun hätte und für solch kindische Schuldzuweisungsspielchen viel zu alt wäre.

10. APRIL

Bommer hatte sich gerade seinen zweiten Kaffee aus dem Automaten gelassen, da wurde ihm Frau Zihal ins Büro geführt. Er bat sie Platz zu nehmen. Der Sessel knarrte unter ihrem Gewicht und Bommer fühlte sich bestätigt: Diese Naturgewalt wäre zumindest körperlich in der Lage, einen Doderer die Stiege rauf und einen Torberg beim Fenster runter zu befördern.

„Frau Zihal, ich will nicht lange herumreden", konfrontierte er sie mit dem vermuteten Tathergang, „Sie brauchten die Wohnung, die Altherren-WG war Ihnen sowieso ein Dorn im Auge, und so haben Sie Ihren Mann, den Sie übrigens auch gern loswerden würden, geschickt zum Verdächtigen aufgebaut. An seiner Stelle haben Sie dann die Taten vollbracht und so, zack, zwei Fliegen mit einem Schlag erlegt."

Frau Zihal starrte ihn so verblüfft an, dass Bommer geneigt war, eine Zustimmung daraus abzulesen. Jetzt musste er den Sack nur noch zumachen und die notwendigen Beweise sammeln oder der erstarrten Masse ein Geständnis entlocken.

„Also hübsch der Reihe nach", legte er ihr ein Foto vor, „beginnen wir mit Herrn Doderer."

Frau Zihal starrte auf das Foto. „Das ist der Doderer? Sieht aus wie unser Bundespräsident. Aber mit Hut hätte ich ihn nicht erkannt."

Bommer ließ sich nicht irritieren. „Sie haben, während Ihr Gatte beim Modelleisenbahner-Klub war, den Zweitschlüssel genommen, sind runter in die WG, in das Zimmer von Herrn Doderer und ..."

„Herr Inspektor", wagte es Frau Zihal, ihn zu unterbrechen, „welches ist denn sein Zimmer? Das würde mich nämlich interessieren, weil direkt unter unserem Schlafzimmer immer so ein lautes Schnarchen zu hören ist."

Langsam wurde Bommer klar, dass er sich auf dem Holzweg befand. „Aber wozu, verdammt nochmal, hatten Sie dann den depperten Schlüssel in der Tasche?", verlor er kurz die Beherrschung.

„Ach so, der Schlüssel", kam die verlegene Antwort, „ich ... ich wollte doch nur runtergehen und mir heimlich die Küche anschauen. Mein Mann, dieser Nichtsnutz, hat behauptet, die ist viel gemütlicher als unsere!"

Es war zum Verzweifeln. Frau Zihal war tatsächlich nie in der WG gewesen, sie kannte nicht einmal die Herren! Bommer fühlte sich entsetzlich müde. Unauffällig lenkte er das Verhör in eine andere Richtung und versuchte so viel wie möglich über den Gatten herauszufinden. Dabei erfuhr er immerhin, dass das Alibi vom Modelleisenbahner-Klub nicht hielt.

Am Ende verabschiedete sich Frau Zihal vom Inspektor und lud ihn ein, doch wirklich einmal auf ein Gläschen Eierlikör vorbeizuschauen.

Bommer hätte jetzt tatsächlich etwas Alkoholisches vertragen können, aber Eierlikör? Dann doch lieber ein Bierchen. Und zwar möglichst bald, auf dem Weg zum Nordkap.

11. APRIL

Nach der Arbeit machte Ella, was sie schon lange nicht mehr getan hatte. Sie stieg an der Rossauer Lände nicht in die U-Bahn, sondern setzte sich in eines der Gartenlokale am Donaukanal. So gern sie die Herren auch hatte, sie musste einfach wieder einmal unter andere Menschen kommen und den Kummer und die Sorgen vergessen.

Es war einer der ersten lauen Abende des Jahres und er zog die Wiener wie magnetisch aus ihren Häusern. Ella fühlte sich aber eigenartig fremd unter ihnen. Was hatte sie hier zu suchen, bei den jungen Leuten, die die Leichtigkeit des Lebens genossen, die Träume hatten und Pläne schmiedeten, die scherzten und lachten, flirteten und schmusten und in eine zeitlose Zukunft ohne Alter blickten. Junge Menschen, die noch nie über den Tod nachgedacht hatten, weil er noch Lichtjahre entfernt schien. Gehörte sie noch dazu? Sie kam sich so exotisch und deplatziert vor wie die Palmen, die man rings um das Lokal ins Freie gestellt hatte.

Ella verdrängte das Gefühl und gönnte sich eine Caipirinha. Sie wollte abschalten und an nichts denken. Zumindest wollte sie es versuchen, Zweig hatte ja gemeint, dass es erholsam sein könnte.

Von ihrem Platz blickte Ella über den Uferweg hinunter zum Donaukanal. Es war ein Kommen und Gehen, Jogger und Radler bahnten sich den Weg am Lokal vorbei, manche forsch klingelnd, andere eher vorsichtig die Geschwindigkeit abbremsend, wenn so wie jetzt ein junges Pärchen mit Kinderwagen die Passage blockierte. An der gegenüberliegenden Seite des Weges wurde ein Fahrrad am dunkelgrünen gusseisernen Jugendstilgeländer angeschlossen. Hinter dem Geländer wuchsen hohe Pappeln mit zitternden Blättern und

Ella fragte sich, ob Bäume Parkinson kriegen können. Unten, direkt am Ufer, standen Weiden, deren lange, geschmeidige Zweige bis ins graugrüne Wasser herabhingen und von der Strömung mitgezogen wurden. Fest verwurzelt und dennoch unablässig unterwegs. Ella ließ ihre Gedanken treiben, in einem Gemisch aus gedämpftem Straßenlärm, undeutlicher Musik und verschwommenen Gesprächen. Eine Zigarettenrauchwolke, dezenter als in der WG, wehte herüber. Sie wurde abgelöst vom zarten Duft eines Parfums. Zwei Freundinnen bahnten sich den Weg durch die Tischreihen, auf der Suche nach einem freien Platz. Weiter vorn kläffte ein nicht sichtbarer Hund, klingt wie ein weißer Spitz, dachte Ella, und am Nebentisch wurde das Essen serviert.

Ellas Augen wurden gelenkt von dem, was sie hörte, roch und sah. Es war, als ob sich eine unsichtbare Schnur zwischen Bewusstsein und Unbewusstsein spannte, zwischen ihr und der Welt. Gerade noch führte die Schnur zu einem Holzstuhl, den ein Gast laut scharrend zurückschob, im nächsten Moment bis zum Horizont, wo sich eine dunkle Gewitterfront ins Blickfeld drängte. Der Geräuschpegel der Stimmen war inzwischen gestiegen, Geschirr schepperte aus der Küche und irgendetwas zerbrach. Das ist sicher eine Studentin, die sich hier im Sommer ihr Geld verdient, so wie ich damals in Krakau. Vorn am Weg wurde ein weiteres Fahrrad an das Geländer gekettet. Auf den Betonpfeiler daneben war ein rotes Anarcho-A gesprayt. Sind meine Herren nicht auch Anarchisten, die sogar die Herrschaft des Todes ignorieren? In der Caipirinha verwässerten die schmelzenden Eiswürfel allmählich den exotischen Geschmack. Eine Windböe wehte kurz die Geräusche zur Seite und eine Papierserviette vom Tisch.

Am liebsten hätte Ella das ganze Geschehen in ihren kleinen Rucksack gepackt und am nächsten Tag mit in die WG genommen. Erst merkte sie es gar nicht, doch dann hatte sie auf einmal eine Antwort. Eine Antwort auf eine Frage, die sie gar nicht gestellt hatte. Oder doch? Die Antwort erfüllte sie mit Glück. Das war es wohl, wovon die Herren immer schwärmten: Man ging ins Kaffeehaus, um in Gesellschaft, aber doch allein zu sein, um sich selbst auf die Schliche zu kommen, um Antworten zu finden.

Für kurze Zeit hatte Ella ihr tägliches Geben durch Leben ersetzt und wollte jetzt mehr davon. Sie wollte die WG komplett neu aufstellen, mit neuen Bewohnern, mit einer zweiten Betreuerin und mehr Zeit für sich selbst. Sie wollte wieder ein eigenes Leben führen, neue Bekanntschaften knüpfen, regelmäßig ihre Mutter besuchen und versuchen, sich mit der Tochter auszusöhnen.

Und weil sie der Holzsessel allmählich drückte, ähnlich einem Schuhlöffel, der sie zurück in die Realität zwängen wollte, überlegte sie, mit welchem Vorhaben sie beginnen sollte. Plötzlich blitzte und donnerte es. Hastig verließ Ella das Lokal in Richtung U-Bahn. Sie versäumte, das Geschehen in ihren kleinen Rucksack zu packen, aber ihre Antwort „Leben ist seliger denn nehmen“, die nahm sie mit.

12. APRIL

Voll frischer Lebensfreude versuchte Ella die Herren gleich in der Früh aufzuheitern: „Guten Morgen, haben Sie heute schon den Magnolienbaum im Garten bewundert, blüht er nicht unendlich schön?“

„Ja, Fräulein Ella“, erwiderte Zweig, „in Ihrer Mittagspause können Sie im Blütenmeer baden.“

„Werde ich machen. Diese Pracht muss man genießen, so lange es geht.“

„Übrigens weiß ich jetzt, wer Doderer und Torberg auf dem Gewissen hat“, erklärte Perutz.

„Bist du Sherlock Holmes?“, zweifelte Fried an der selbstsicher vorgetragenen Behauptung.

„Nein, aber ehemaliger Versicherungsmathematiker, das hilft. Ich hab mir die persönlichen Pensionskonten von uns allen angesehen, grob überschlagen und eine Kosten-Nutzen-Analyse für das Sozialsystem durchgeführt.“

„Ja und?“

„Doderer und Torberg mussten sterben“, erwiderte Perutz.

„Aber warum?“

„Die beiden haben einfach zu viel Rente kassiert. Das, was sie im Laufe ihres Lebens in die Pensionskasse eingezahlt hatten, haben sie schon lange wieder herausgeholt und darüber hinaus ein Vielfaches mehr. Jetzt war der zulässige Rahmen für die Überschreitung bis zum Limit ausgeschöpft. Kurz, sie wurden einfach zu teuer.“

„Aber deswegen wird doch niemand umgebracht.“ Fried wollte es nicht glauben.

„Da wär‘ ich mir nicht so sicher. Was machbar ist, wird irgendwann auch gemacht. Das war schon immer so. Und rein rechnerisch ergibt es Sinn. Also zahlt die Versicherung einem

Auftragskiller eine Jahrespension des Rentners, der sein Limit überschritten hat, und Schluss ist. Übrigens, Zweig, einer von uns beiden ist der Nächste."

„Soso", sagte Zweig.

Aber Fried protestierte: „Hör mal, Perutz, das ist ja noch absurder als die Judenspurverfolgung des Inspektors."

„Mag sein, aber ich hab früher einmal etwas ganz Ähnliches berechnet und dafür die Perutzsche Ausgleichsformel entwickelt. Kennt ihr wahrscheinlich nicht, aber egal, rein kostentechnisch würde es sich auszahlen."

„Okay, hätten wir das auch besprochen." Frieds Begeisterung für Mathematik hatte sich schon immer in Grenzen gehalten. „Lasst uns lieber überlegen, wer anstelle von Doderer und Torberg zu uns in die WG ziehen könnte. Freud und Schubert waren ja schon im Gespräch. Ich hätte an Dutschke und Brecht gedacht, jetzt, wo Torberg das nicht mehr boykottieren kann."

„Das sind ja Revoluzzer. Na dann wird's mir hier doch ein wenig zu unruhig. Wie wär's mit Theodor Herzl und Trotzki, das sind Juden und die haben zumindest eine Schwäche für Kaffeehäuser", lautete Zweigs Gegenvorschlag.

„Trotzki ist auch Revoluzzer", merkte Perutz an. „Aber Freud und Schubert lieben nicht nur das Kaffeehaus, die sind noch dazu vom Alsergrund! Außerdem könnte Schubert uns immer etwas am Klavier vorspielen, Bach zum Beispiel. Das ist was anderes als Revolution machen oder Staaten gründen, irgendwie wohltuender und emotionaler. Was meinen Sie, Fräulein Ella?"

Ella hatte den Herren amüsiert zugehört und war froh, dass sich die Stimmung in eine konstruktive Richtung drehte. „Ein Klavier fände ich sehr schön, im Kaffeehaus wäre ja auch genug Platz. Aber jetzt gibt's erst einmal die Pulver." Ella verteilte, diesmal zur korrekten Zeit, die Tabletten und füllte die für Doderer und Torberg vorgesehenen ins Glas. Sofort kehrte andächtige Ruhe ein.

Nach einer Minute schlug Perutz vor: „Wir könnten einmal versuchen, das Gedenkglas als Medium zu verwenden, um Kontakt zu den Verstorbenen aufzunehmen."

Es blieb bei dem Vorschlag, denn es läutete. Der Inspektor war wieder einmal da. Er zückte den Notizblock und stellte eine Menge Fragen. Diesmal zu Herrn Zihal. Ella und die Herren schilderten ihre Sicht der Dinge, dann fasste Bommer zusammen: „Er wollte Sie also mit allen Mitteln aus der Wohnung werfen, hat Ihnen den Tod an den Hals gewünscht, Sie mehrmals bedroht und wie lebensunwertes Ungeziefer behandelt." Bommer vervollständigte seine Überlegungen: „Und er verfügte über einen Wohnungsschlüssel. Das würde so einiges erklären."

„Aber Sie sagten doch, dass er im Fall Doderer ein Alibi hat", wandte Ella ein.

„Was aber unzureichend ist", antwortete Bommer. „Die Sitzung vom Modelleisenbahner-Klub dauerte laut seiner Frau nur bis 23 Uhr, da hätte er noch Zeit genug gehabt."

„Ich möchte Ihnen auch noch etwas anvertrauen", begann Perutz und die anderen rollten mit den Augen, weil sie ahnten, was kommen würde. „Es gibt noch eine weitere verdächtige Spur!" Dann trug er seine Theorie mit den Auftragskillern der Pensionsversicherung vor, aber auch der Inspektor nahm sie nicht ernst.

„Junger Mann, Sie müssen gar nicht schmunzeln, der Senizid ist eine uralte Methode, um sich nutzloser Menschen zu entledigen. Warum sollte er nicht auch heutzutage Anwendung finden? Wir leben in einer brutalen Zukunft, mit einem Überlebenskampf jung gegen alt."

„Na na na", sagte Bommer gütig, „das ist zwar logisch gedacht, aber ganz so weit sind wir mit der Geringschätzung der alten Generation hoffentlich noch nicht."

„Was wissen Sie denn schon, junger Mann. Kommen Sie einmal in unser Alter, dann werden Sie schon sehen. Totschweigen ist nur eine subtile Art des Tötens, da ist kein großer Unterschied“, beharrte Perutz auf der theoretischen Möglichkeit seines Verdachts. „Schauen Sie sich doch einmal selbst an. Geben Sie sich noch große Mühe, die Todesfälle hier aufzuklären? Nein! Bei uns Alten ist ja sowieso schon alles egal. Sie ermitteln schlampig, kommen ab und zu gemütlich, aber immer nur allein auf einen Kaffee vorbei und das war's dann auch. Wozu noch großen Aufwand betreiben.“

Fast hatte Bommer die schrulligen Alten schon etwas liebgewonnen. Andererseits war er jedes Mal froh, wieder an die frische Luft zu kommen. Der Schritt aus der WG war immer wie das Zuschlagen eines Buches, als würde er aus einer fiktiven Geschichte zurück in die Wirklichkeit treten.

Zu Mittag saß Ella, wie von Zweig angeregt, im Blütenmeer unter dem Magnolienbaum. „So ist es nun mal in einer Senioren-WG“, dachte sie, „es wird relativ häufig gestorben. Dann rücken neue Alte nach. Und irgendwann könnte ich selbst dabei sein.“ Im Moment aber hatte sie andere Sorgen. Es galt, die WG wieder auf fünf Personen anwachsen zu lassen. Schon allein der Stimmung wegen. Eine halb leer stehende Wohnung erinnerte ständig an die Fehlenden, man bekam schonungslos vor Augen geführt, wie schnell auch das eigene Ende kommen könnte. Sie musste also dringend neue Mitbewohner suchen, denn die von den Herren genannten kamen ihr doch äußerst ungewiss vor.

Betäubt vom Magnolienduft gönnte sich Ella noch ein paar Minuten, bevor sie wieder aktiv werden wollte. Die Wäsche war zu waschen, der Geschirrspüler auszuräumen und das Abendessen vorzubereiten. Dazwischen fand sich hoffentlich Zeit zum Telefonieren. Mit ehemaligen Kolleginnen, um eine zweite Betreuerin zu finden, und mit dem Extrablatt, um eine Suchanzeige für Mitbewohner aufzugeben.

Doch beim Betreten der WG wartete schon Perutz und winkte sie aus seiner halb geöffneten Zimmertür heran. Er wirkte nervös, fuhr fahrig mit der Hand über seine Glatze und schaute sich ängstlich nach rechts und links um. „Fräulein Ella, ich wollte Sie bitten, ob Sie mir ..."

Den Rest konnte Ella nicht verstehen, weil Perutz so geheimnisvoll flüsterte. „Sie müssen schon lauter reden, Herr Perutz, meine Ohren sind auch nicht mehr die besten."

„Ich wollte Sie fragen, ob Sie mir eine ... Pistole besorgen können", wiederholte er, zog Ella am Kittelärmel ins Zimmer, schloss schnell die Tür und erklärte ihr sein Anliegen. Er hätte ganz einfach Angst und würde zur Verteidigung gerne eine Waffe bei sich tragen.

„Aber Sie glauben doch, dass die Pensionsversicherung dahintersteckt. Würden Sie es denn mit einem Profikiller aufnehmen?"

„Habe ich zwar gesagt, aber so ganz glaube ich selbst nicht daran. All das hier ist ohnehin fantastisch genug, aber Auftragskiller? Das wäre wohl eher Stoff für einen Roman als Realität. Es sieht ja auch so aus, als ob der Zihal ... Und deswegen hätte ich lieber eine Pistole griffbereit zur Hand."

„Ich denke nicht, dass Sie sich fürchten müssen", wollte Ella ihn beruhigen, „Herr Zihal hat keinen Schlüssel mehr und Sie sind nicht allein. Wenn Sie gegenseitig auf sich aufpassen, wird nichts passieren."

„Das hat den beiden anderen aber auch nichts genutzt", drang Perutz weiter auf Ella ein. „Ich weiß, Pistolen gibt's nicht auf Rezept, aber Sie besorgen doch sonst auch immer alles!"

Ella war überfordert, ratlos sah sie im Zimmer umher. Dabei fiel ihr Blick auf das Schreibheft. Es lag geöffnet wie am ersten Tag und immer noch nicht war Perutz über den Einstiegssatz hinausgekommen.

Er fühlte sich ertappt. „Sie müssen es mir nicht sagen, Fräulein Ella. Es bedrückt mich schon genug. Früher ging es einfach, ich schrieb, was ich vor meinem geistigen Auge sah. Sie können mir glauben, es gab nicht viele, die das so gut konnten wie ich. Heute aber fehlen mir die Bilder, ich sehe keine Geschichten mehr, in mir ist die Glut der Inspiration erloschen. Ich fürchte, es liegt daran, das ich nicht mehr aus inneren Gründen schreiben muss, sondern nur noch schreiben will."

„Aber Herr Perutz, das wird schon wieder", Ella legte ihm die Hand auf die Schulter, „bei den anderen hat es auch eine Weile gedauert." Besorgt verließ sie sein Zimmer.

„Das war wohl nichts, von wegen: Die Stimmung dreht sich wieder in eine konstruktive Richtung. Im Gegenteil, es wird immer wahnsinniger, jetzt kommen auch noch Waffen ins Spiel!", meldete sich die Kopftochter.

„Ach was, das ist doch wieder nur so eine verrückte Perutz-Idee!"

„Träum weiter, Ella. Die Herren ticken doch alle nicht richtig. Und du musst aufpassen, dass du nicht auch wunderlich wirst. Mit dir selbst reden tust du ja schon."

„Lass mich in Ruhe, ich brauche jetzt einen klaren Kopf zum Telefonieren."

„Bist du sicher? Mit den Gedanken an eine Pistole wichtige Telefonate führen? Ob das gut ist ..."

Schließlich entschied sich Ella, erst einmal die Hausarbeiten zu erledigen und das Abendessen vorzubereiten.

13. APRIL

Die Gefühlslage in der WG verschlechterte sich zunehmend. Eine andere Seite der Herren trat zutage. Herrschte bisher Trauer, so entwickelte sich nun immer öfter eine angespannte, misstrauische, manchmal fast aggressive Stimmung.

Beim Frühstück bat Perutz Fried um den Süßstoff, schob dann aber sofort nach: „Ach nein, lieber nicht, lass stehen!" und zu Zweig gewandt: „Wer weiß, was für Pillen er hineingeschummelt hat, Strychnin vielleicht. Ich trinke den Kaffee sowieso lieber ohne."

Auffällig war auch, dass die Herren immer häufiger in wechselnden Zweier-Gruppen miteinander tuschelten und alle versuchten, Ella auf ihre Seite zu ziehen. Einmal überraschte sie Fried und Zweig bei einem Gespräch. „Der Perutz hat Fräulein Ella gebeten, ihm am Schwarzmarkt eine Pistole mit Schalldämpfer zu besorgen. Ich hab's genau gehört. Der will uns umlegen!", sagte Fried gerade.

Erschrocken hüstelte Ella, um ihre Anwesenheit zu erkennen zu geben, dann stellte sie richtig: „Er wollte eine ganz normale Pistole und er wollte sie haben, um sich verteidigen zu können, gegen Herrn Zihal zum Beispiel."

„Und das glauben Sie ihm?"

„Ja. Im Übrigen bin ich der Meinung, dass hier niemand eine Pistole braucht!"

Es wurde dringend Zeit, dass wieder Normalität einkehrte. Das schlechte Gewissen plagte Ella. Sie musste jetzt endlich die Kleinanzeige „Mitbewohner gesucht!" aufgeben.

14. APRIL

„Fräulein Ella, Fräulein Ella!"

Als Ella beim Öffnen der Wohnungstür diese Rufe hörte, wusste sie sofort, dass wieder etwas passiert war. Den Stimmen von Fried und Zweig nach war auch klar, wen es betraf. Die Rufe klangen weder fragend noch bittend, sondern bestimmt und gleichzeitig verzweifelt.

Sie zog sich nicht um, sie schaltete die Kaffeemaschine nicht ein, sie ging direkt ins Kaffeehaus, von wo die Rufe kamen. Am Parkett lag Perutz, Arme und Beine krampfartig von sich gereckt, als ob er etwas abwehren wollte. Die Augen waren weit geöffnet, mit einem irren Blick nach oben.

„Oh, mein Gott", sagte Ella.

„Jetzt ist er der Welt endgültig abhanden gekommen", stellte Fried fest.

„Und er ist im Kaffeehaus gestorben, wie er es sich gewünscht hat", ergänzte Zweig leise.

Er und Fried saßen rittlings auf den Thonet-Sesseln, stützten sich mit den Armen auf die Rückenlehnen und betrachteten andächtig ihren toten Mitbewohner. Ella stand stumm daneben. Sie fühlte sich unendlich hilflos. Hätte sie es verhindern können, hätte sie etwas besser machen können, wozu überhaupt noch etwas machen? Sie schaute ihrem Lieblingsbewohner in die Augen. Aber so irr der Blick auch war, er hatte nichts Abschreckendes, eher etwas wild Suchendes und gleichzeitig Findendes, so als ob es der Funke der Erkenntnis selbst gewesen wäre, der ihn niedergestreckt hatte. Ella wusste, dass man die Augen besser nicht schließen sollte, bevor nicht auch die Polizei diesen Blick gesehen hatte. Klar war auch, dass am Tod nichts mehr zu ändern und daher keine übertriebene Eile notwendig war, den Inspektor zu informieren.

In der Luft des Kaffeehauses hingen wie immer schwere Rauchschwaden, aber heute war noch etwas anderes beigemischt, ein fremdartig-säuerliches Aroma. Ella öffnete ein Fenster und die Tür zum Blumenbalkon. Draußen wehte ein leichter Wind. Die Magnolie begann ihre Blütenblätter zu verlieren, wie ein weiß-rosa hingeschneiter Teppich verteilten sie sich über die Wiese. Eine Biene summte ins Zimmer. Ella folgte ihrem Flug und erst jetzt nahm sie wahr, was auf dem Marmortisch herumstand und -lag. Natürlich schmutziges Kaffeegeschirr und ein übervoller Aschenbecher. Außerdem aber Perutz' aufgeschlagenes Schreibheft, seine Füllfeder, sein Tintenfass, Krümel, die wie Gewürzkräuter aussahen, und eine unachtsam hingeworfene Pfeife, aus der die Asche herausgefallen war. Die Pfeife war wohl auch die Ursache des andersartigen Geruchs. Und dann blieb Ellas Herz stehen. Halb verdeckt unter einem sehr großen und schweren Papier mit vergilbter Handschrift lag eine Pistole.

„Haben Sie etwas davon mitbekommen?", deutete sie geschockt und blass auf Perutz, obwohl sie eigentlich die Pistole meinte.

„Nein. Wir sind abends zusammengesessen, haben Kaffee getrunken, geraucht, diskutiert und gestritten. Deswegen sind wir auch recht früh ins Bett gegangen", berichtete Zweig.

„Ich hab später noch ein Rumpeln gehört, mir aber nichts dabei gedacht. Ich glaubte, einer der anderen würde etwas im Zimmer herumräumen. Dann bin ich gleich wieder eingeschlafen", ergänzte Fried. „Und erst vor zehn Minuten, kurz bevor Sie gekommen sind ..."

„Kein Schuss oder so?", unterbrach Ella.

„Nein, das hätten wir gehört."

Etwas erleichtert fragte Ella weiter: „Und was steht da im Heft?"

„Wir haben's noch nicht gelesen, sollten wir aber machen", fand Fried. „Wir wundern uns auch über die Pfeife, der Perutz hat doch nie Pfeife geraucht!"

Das stimmte natürlich, einiges war hier sonderbar. Ella sah sich das handbeschriebene vergilbte Papier an. Es wirkte, als ob es aus einem riesigen, alten Buch herausgetrennt worden war. Vorsichtig wendete sie es, eine kolorierte Landkarte von Spanien wurde sichtbar, dann betrachtete sie wieder die andere Seite mit der vergilbten Handschrift und sagte: „Sieht aus wie ein Rezept."

„Ein Rezept, sagen Sie? Oh shit, wir sind doch ein paar alte Deppen!" Fried rappelte sich hoch und taperte mit seinem Stock so schnell es ging zum Bücherregal.

„Da!" Er warf den Roman *Der Meister des Jüngsten Tages* auf den Tisch. „Das Rezept für die Kreativitätsdroge, das gab es also wirklich! Und es war gar nicht vernichtet und verschwunden, wie es im Roman steht. Perutz hat es all die Jahre aufbewahrt und nie ein Wort darüber verloren. Und jetzt hat er es an sich selbst ausprobiert, ohne uns etwas zu sagen, der Schuft! Es gab Zeiten, da hätten wir so eine anregende Droge gut brauchen können!"

Das alles wurde Ella jetzt zu heiß, sie ging zum Telefon. „Herr Inspektor, es ist wieder etwas passiert, Herr Perutz ...", mehr musste sie nicht sagen. Bommer ordnete an, nichts zu berühren und versprach, so schnell wie möglich zu kommen.

So ganz wörtlich wollten die Herren das mit dem „Nicht-Berühren" aber nicht nehmen. Sie wollten wissen, was Perutz in seiner letzten Stunde geschrieben hatte, und beschlossen, dass „Lesen" im rechtlichen Sinne kein Berühren darstellt. Also baten sie Ella, vorzulesen und beim Umblättern die Seiten des Heftes nicht anzufassen, sondern ganz vorsichtig mit einem Messer anzuheben und umzuschlagen. Ella setzte sich an den Tisch und begann:

„Ich habe immer befürchtet, dass mich irgendwann einholen wird, was ich geschrieben habe. Nun ist es so weit. Er hat angeklopft und ich war so dumm ihn reinzulassen. Ihm war klar, dass ich das Rezept für die Droge habe und eines Tages gezwungen sein würde, es zu nutzen. Dabei weiß niemand besser als ich, dass bisher keiner, der seine Kreativität mit der Droge stimulieren wollte, mit dem Leben davongekommen ist. Aber immerhin, er gibt mir eine Chance. Entweder ich bin stärker als die Droge, kann meine Kreativität zurückgewinnen und wieder so schreiben wie früher und wie ich es meinen Mitbewohnern in den vergangenen Wochen vorgegaukelt habe, oder ich begebe mich auf die letzte Reise.

In diesem Reisebericht werde ich das Erlebte festhalten und dabei nichts übergehen, nichts verheimlichen. Ich werde alles beschreiben, was mir widerfährt. Und obwohl ich es nicht aus freiem Willen tue, es reizt mich sogar. Es lebt die Hoffnung in mir, der Allererste zu sein, der hinüberschauen kann und zurückkehrt, gestärkt durch eine einzigartige Erfahrung, die noch niemandem zu Teil worden ist. Was erwartet mich? Die Genialität? Die Erkenntnis? Der Tod? Und so zünde ich die Pfeife an, ziehe an ihr und begebe mich in seine Gewalt.

Ich sehe unser Kaffeehaus, den Marmortisch, die Thonet-Sessel, die Fauteuils, das Bücherregal mit Meyers Konversationslexikon und den Magnolienbaum draußen vor dem Fenster. Die Pfeife dampft. Ich halte sie in der linken Hand, sie ist schwarz, aber sie ist aus Eisen, hat Räder und entgleitet mir wie eine Lokomotive, die sich allmählich in Bewegung setzt. Die erste Drehung der Räder noch langsam, schwer und stöhnend, dann rasch und rascher in feurigem Lauf. Sie überwindet den Raum, trägt ihren Dampf wie eine Schleppe in den Garten hinaus und umhüllt die Magnolie mit heißem weißen Atem. Immer weiter stampft und glüht sie davon. Und immer schneller springe ich auf den Bahnschwellen hinterher, um sie einzuholen. Mit

Mühe schaffe ich es, schwinge mich in die Lok und rhythmisch rattern wir durch eine Allee. Links und rechts schießen Telefonmasten vorüber, einige sind gestürzt, die Drähte gerissen. Aus ihnen fließen Gespräche wie Blut aus einer Wunde. Unaufhaltsam ergießen sich die Wörter ins Freie. Ich greife nach einem der Masten, halte ihn wie einen Stift und schreibe. Immer mehr Wörter dringen heraus. Aber kaum sind sie den Drähten entronnen, werden sie unruhig, beginnen zu leben. Einer Hundemeute gleich verfolgen sie den Stift in meiner Hand. Sie kläffen und hetzen mich, ihren Schöpfer. Eines von ihnen wächst und wächst, ein wahres Wortungeheuer. Rasch kommt es näher, gleich hat mich das Monster erreicht. Es schnappt nach mir. Ich schreibe schneller, um seinen scharfen Zähnen zu entkommen. Kräftig stoße ich mich mit dem Stift ab und springe, aber die tollwütige Fratze folgt mir. Ich springe höher, springe wolkenwärts und endlich, ich schaue hinunter und sehe die Fratze zurückbleiben.

Erlöst atme ich auf und aus meinem Springen wird Schweben, schwerelos, es ist alles ganz leicht, ich bin ganz leicht und dampfe und halte den Stift in meiner Hand. Helles Licht wärmt mich von oben und ich springschwebe immer weiter in weiße Sicherheit.“

Ella musste kurz pausieren, weil die Schrift unleserlicher wurde. Dann entzifferte sie die letzten Zeilen:

„Doch urplötzlich zerreißt der Himmel, da ist sie wieder, die Fratze, das scheußliche rote Auge, gerahmt von zackigen Zähnen, so nah, dass ich ihren stinkenden Atem spüre, ich springe höher, noch höher, bloß weg von diesem Monstrum, es fletscht die Zähne, beißt zu, entreißt mir den Stift, nun bin ich wehrlos, muss noch höher, ins Helle, zum Licht, aber plötzlich ist es auch über mir, um mich herum überall, gleich einem Feuerzeichen am Himmel. Alles leuchtet in einer Farbe, die ich nie zuvor gesehen habe. Nein lass mich! rufe ich das ist keine irdische Farbe

ich ertrage sie nicht aber sie stürzt auf mich nein ich stürze in sie ich falle nach oben es blendet ... ich klebe ... verbrenne ... ich weiß ...“

„Das war das Drommetenrot“, sagte Zweig in die lange Stille hinein, „die einzige Farbe, die man nicht sehen kann, nur erleben. Einmal.“

„Gar nicht so schlecht beschrieben, die Droge scheint zu wirken“, stellte Fried fest. „Wenn sie bloß nicht immer so tödlich enden würde.“

„Offensichtlich war er nicht allein. Wer hat ihn dazu getrieben?“ Ella schaute vom Schreibheft zu Perutz und folgte dann seinem irren Blick nach oben zum Kronleuchter. Obwohl schon heller Tag war, brannte noch Licht. Unter dem Kronleuchter ringelte sich die Fliegenfalle. Daran klebte eine Fliege.

Kurz darauf erschien Inspektor Bommer. Mürrisch betrachtete er die Szenerie. Er war schlecht aufgelegt und gewillt, dem Theater ein Ende zu bereiten. Der Staatsanwalt nervte bereits wegen der ersten zwei ungeklärten Todesfälle. Und nun noch einer! Auch die Boulevardpresse war lästig. Diese verfluchte Senioren-WG wurde allmählich zum Stadtgespräch und er selbst zum Gespött. Ach, wenn der ganze Schmarrn nur schon vorbei wäre!

Er fixierte die Hornbrille auf seiner Nase und überflog ebenso vorsichtig wie Ella den „Reisebericht“. Auf den ersten Blick sah alles nach einer riskanten Spielerei mit einer unbekannten Droge aus, ein Selbstversuch mit bewusster Inkaufnahme des Todes. Er seufzte. Was würde er dafür geben, wenn es sich wirklich um einen ganz normalen Drogentod handelte! Aber in dieser WG war, angefangen beim Alter seiner Bewohner, offensichtlich nichts normal. Und so fragte sich auch Bommer, wer Perutz gezwungen haben könnte.

Er schickte Ella hinaus, um sich den Vorfall erst einmal

von den zwei Herren schildern zu lassen. Viel war, wie befürchtet, nicht zu erfahren. Ein Hinweis allerdings alarmierte ihn: „Auffällig ist wiederum der Zusammenhang zwischen dem Tod und einem Buch. Es heißt *Der Meister des Jüngsten Tages*, vielleicht das bekannteste von Perutz."

Bommer erinnerte sich, dieses Buch schon einmal, nämlich oben bei den Zihals, gesehen zu haben. Er nickte und machte sich eine Notiz.

Dann provozierte er Fried und Zweig damit, dass sie doch etwas gewusst oder mitbekommen haben müssten. Dass sie es wahrscheinlich sogar waren, die Perutz zum Drogenkonsum gezwungen hätten. Jedoch ohne Erfolg. Die Herren wirkten hilflos und versicherten glaubhaft, selber Angst zu haben. Vor dem wahnsinnigen Literatenmörder, vor Zihal, vor dem Auftragskiller der Pensionsversicherung, vor dem jeweils anderen verbliebenen Mitbewohner, vor dem Tod.

Fried verstieg sich sogar zu einem gänzlich neuen Verdacht: „Vielleicht waren sogar Sie der Täter, junger Mann. Geben Sie es doch zu, Sie wollen vor Ihrer Pensionierung noch einmal mit einem spektakulären Fall im Rampenlicht stehen und sich publikumswirksam verabschieden."

Selbst Zweig erregte sich: „Überlegen Sie einmal, wer dem Perutz das Teufelszeug besorgt haben könnte, das er geraucht hat. Dann finden Sie den Dealer, seinen Mörder. Blutwurz und was sonst noch in dem Rezept steht, bekommt man schließlich nicht in jeder Apotheke und hier bei uns wächst es auch nicht aus dem Boden. Oder hast du das in deinem Plastiksackerl angeschleppt, Fried?"

Derart angegriffen vergaß Fried alle Zurückhaltung und klagte dem Inspektor: „Wissen Sie, was? Wahrscheinlich steckt der Zweig hinter den ganzen Vorfällen, um als Einziger sein Opus Magnum vollenden und in den Literatenhimmel eingehen zu können. Auch er träumt nämlich vom Nobelpreis. Dieser Wettstreit belastete von Anfang an das Klima in der WG." Und dann wurde ihm noch ein weiterer Zusammenhang klar: „Deswegen hat der Zweig auch die ganze Zeit so hinterfotzig geschwiegen!"

An dieser Stelle klappte Bommer seinen Notizblock zu. Viel zu unwahrscheinlich war es, dass einer der beiden gebrechlichen Greise, jetzt blieben ja nur noch Zweig und Fried, das Ganze geplant und ausgeführt haben könnte.

Er entließ die beiden und rief Ella ins Kaffeehaus. Als Erstes fragte er routinemäßig nach einer eventuell selbstmörderischen Absicht von Perutz. Ella saß blass am Marmortisch, ihre Antwort kam kraftlos: „Denkbar ist es, er litt an einer Schreibblockade. Und über Selbstmord hat wohl jeder schon nachgedacht. Haben Sie es nicht auch schon einmal rein theoretisch in Erwägung gezogen?"

Statt einer Erwiderung zog Bommer es vor, den am Boden liegenden Perutz zu begutachten.

„Noch etwas", ergänzte Ella kaum hörbar, „das hab ich Ihnen überhaupt noch nie erzählt: Die Herren glaubten an ihre Unsterblichkeit."

Bommer schaute sie kritisch an, setzte in Gedanken ein Fragezeichen hinter ihre Zurechnungsfähigkeit und brachte ein neues Indiz ins Spiel: „Kehren wir wieder in die Realität zurück, Frau Wozniak. Einer der Herren hat mir erzählt, dass Herr Perutz Sie um eine Pistole gebeten hat. Und hier auf dem Tisch sehe ich eine! Wie kommt die Pistole in Ihre WG, können Sie mir das verraten?"

Ella kippte vornüber auf den Tisch, verbarg den Kopf in ihren Armen und fing an zu weinen.

Am liebsten hätte Bommer es ihr gleichgetan. Er musste Ergebnisse liefern und wusste nicht, wie. Hätten die Alten nicht noch ein wenig mit ihrem Ableben warten können? Nur ein klein wenig später und er würde sich bereits mit seiner

Frau auf der lang ersehnten Kreuzfahrt befinden. Aber nein, der verdammte Mist musste noch an ihm hängen bleiben. Er verständigte die Spurensicherung, ordnete eine Hausdurchsuchung an und zog ab.

Nur das Löffeln der Suppe war zu hören. Zweig blickte auf: „Frag du!"

Fried hüstelte und bat Ella, ob sie den Abend mit ihnen verbringen könnte. Sie würden sich verloren vorkommen, hätten Angst, würden sich gegenseitig misstrauen und natürlich wäre nach Perutz' Tod auch etwas emotionale Zuwendung hilfreich.

Ella fühlte sich selbst miserabel, aber diesen Wunsch musste sie erfüllen. Gott sei Dank war erst einmal Mittagspause und so konnte sie sich zurückziehen. Sie wollte Ruhe haben. Ruhe vor der Pistole, dem Sterben, der Welt. Aber kaum hatte sie sich gesetzt, klingelte das Telefon. Bitte nicht der Inspektor, hoffte sie. Ein Blick auf das Display zeigte ihr, dass die Mutter dran war. Neben den üblichen Vorwürfen wartete eine Art Ultimatum. Wenn sie nicht bald nach Krakau käme, bräuchte sie gar nicht mehr zu kommen, denn dann wäre es ohnehin zu spät. Auch wenn Ella wusste, dass diese Drohung nicht unbedingt ernst zu nehmen war, fühlte sie sich jetzt noch entsetzlicher. Sie schaute in den Wandspiegel und erschrak. Mit tiefen Augenringen wurde sie von ihrem Spiegelbild gemustert: „Wie siehst du denn aus?"

„Ich bin völlig fertig."

„Wie wär's, wenn du etwas dagegen nimmst?"

„Das mach ich nicht."

„Warum denn nicht? Muss ja nicht zur Gewohnheit werden."

„Nein, das ist mir zu gefährlich."

„Andere Leute machen es doch auch. Und ohne hältst du

es eh nicht mehr lange durch. Zum Einschlafen nimmst du ja auch manchmal was!"

„Das ist etwas anderes."

„Ach komm, versuch's doch einfach mal!"

Ella wendete sich vom Spiegel ab, glaubte aber aus dem Augenwinkel noch ein triumphierendes Lächeln der Kopftochter erhascht zu haben. Sie öffnete den Medizinschrank und ging die Packungen durch. Sie fand, was sie suchte. Lange hielt sie die Tabletten in der Hand. Dann legte sie die Packung wieder zurück, schloss den Schrank und ließ sich an den Schreibtisch sinken. Unfähig zu jeglicher Aktivität dämmerte sie dahin. Was sollte sie tun? Wozu war sie überhaupt noch gut? Eigentlich war sie doch nur noch eine bessere Kaffeemaschine. Aber selbst das stimmte nicht. In Wahrheit war sie eine ziemlich kaputte Kaffeemaschine. Letztendlich raffte sie sich auf, um zumindest diese Aufgabe so gut wie möglich zu erfüllen.

Fried versuchte den Abend gentlemanlike einzuleiten: „Nehmen Sie Platz, Fräulein Ella, darf ich Ihnen eine Schale von Ihrem vorzüglichen Kaffee einschenken? Und vielen Dank, dass Sie uns Gesellschaft leisten!"

Sie saßen zu dritt um den viel zu großen Marmortisch. Doderer, Torberg und Perutz schwiegen für immer, Fried und Zweig waren auch nicht viel gesprächiger. Ella holte die vorbereiteten Brötchen. Später verteilte sie die Abendpulver. Die Tabletten für die Verstorbenen kamen wie immer in das Glas in der Mitte des Tisches, es war bereits ziemlich gut gefüllt. Nach der Gedenkminute sinnierte Zweig: „Abschied nehmen ist eine schwere und bittere Kunst. Man muss sie erst lernen. Aber die letzten Tage haben uns reichlich, ja überreichlich Gelegenheit dazu gegeben."

Fried fügte hinzu: „So werden wir einer nach dem anderen

wie Schachfiguren aus dem Paradies geworfen. Fräulein Ella, wer spielt mit uns? Und ist denn schon Sperrstunde?"

„Irgendwann ist eben für jeden einmal Feierabend. Für mich genauso wie für Sie", antwortete Ella matt. Bei diesem Thema flüchtete sie sich immer in Allgemeinplätze, was sollte sie auch anderes sagen, es stimmte ja. Und fast war sie froh, mit dem Tod überhaupt noch ein Thema zu haben, das für Gesprächsstoff sorgte.

„Ich frage mich, warum der Inspektor nach einem Täter sucht", meinte Zweig. „Perutz wollte doch nur seiner Kreativität wieder auf die Sprünge helfen. Er wollte ganz einfach das Außer-der-Welt-Sein erfahren wie jeder Künstler. Aber was weiß denn der junge Mann schon davon. Der hat doch keine Ahnung. Dabei steht alles in dem Roman. Die sollten wieder Bücher lesen, das bildet! Kulturbanausen alle miteinander."

„Vielleicht haben wir das Spiel aber auch übertrieben, so alt wie wir wird doch kein normaler Mensch, und die von der Pensionsversicherung haben tatsächlich nachgeholfen." Fried hatte die Hände auf den Knauf des Gehstocks gelegt und seinen nachdenklichen Kopf darauf abgestützt.

„Auch möglich. Den Menschen ist alles zuzutrauen", räumte Zweig ein. „Gerade jetzt wäre das sogar äußerst plausibel. Im Extrablatt stand doch, dass sie die Pensionen erhöhen. Zur Gegenfinanzierung reduzieren sie nun einfach die Gruppe der Empfänger."

„Really unfair, wenn man bedenkt, was wir für die Gesellschaft geleistet haben", wachte Frieds Kampfgeist langsam wieder auf.

„Haben wir wirklich so viel geleistet?", entgegnete Zweig, „Wir haben doch nur ein paar Klassiker geschrieben. Und jetzt werden die Schüler mit dem antiquierten Zeug gequält. Es wäre kein Wunder, wenn einer von denen auf die Idee käme, sich an uns zu rächen."

„Du gibst natürlich gleich wieder klein bei. Es war nicht alles schlecht, vielleicht nur etwas altmodisch. Wir müssten unseren Stil ändern, damit uns auch die jungen Leute wieder mögen. Provokanter werden und inhaltlich etwas bieten, mit dem sie sich identifizieren können. Etwa so, Fräulein Ella, schnell, ein Paradoxon!"

Wieder einmal ließ Fried seine sonore Stimme ertönen, nach Ellas Empfinden allerdings weniger souverän als sonst:

„Der Alte sagte zum Jungen
Schau,
was wir geleistet haben.
Da sagte der Junge zum Alten
Dieser abgestandene Schas?
Null Interesse.
Stinkende Vergangenheit.
Uns gehört
die Zukunft.
Schau,
wir können uns euch
nicht mehr leisten."

„Bravo Fried, diesmal vielleicht etwas ungustiös und anbiedernd, aber du schaffst es immer wieder, das nicht zu Ändernde in Kampfpoesie zu verwandeln."

„Die Auflehnung gegen das Geschehene und Nicht-zu-Ändernde – ist das nicht seit jeher der Ursprung aller Kunst? Und wer sagt denn, dass es nicht zu ändern ist, Herr Kollege? Soll ich deprimiert herumhocken so wie du jahrzehntelang, vor mich hinschweigen, still und leise an der Menschheit verzweifeln, alles hinnehmen und immer ausweichen, wenn es Probleme gibt? Nein, ich kämpfe lieber!", stellte Fried klar.

„Ist ja gut, Fried, kämpf' du nur! Ich dagegen will nicht kämpferisch und unerbittlich werden. Ich lasse mich sogar lieber für meine Schwäche verhöhnen, als meine Natur zu verleugnen."

„Jeder geht eben mit Herausforderungen auf seine Art um", mischte sich Ella ein, um die beiden auseinanderzubringen. „Herr Doderer zum Beispiel hätte gar nicht erst lange nachgedacht, ob kämpfen oder nicht kämpfen, der wollte einfach Spaß haben."

„Naja, ein Spaß war das nicht immer", fand Zweig. „Doderer hat sich einfach in den Mittelpunkt des Kontinents gestellt. Er fühlte sich doch schon missachtet, wenn man ihm in der Früh, nur weil er seine Augen öffnete, nicht gleich ehrfürchtig Beifall klatschte. Ansonsten war er ein Meister des Verdrängens, alles Unangenehme wurde ironisiert oder in die Vergessenheit getrunken."

„Ganz im Gegensatz zu Torberg", bemerkte Fried. „Der liebte das Streiten und hatte zu allem eine unbequeme Meinung. Wobei ich zugebe, sein Hang zur Rechthaberei und der Drang, immer das letzte Wort haben zu müssen, das war manchmal schwer zu ertragen. Ein richtiger Erwiderling konnte er sein!"

Weil Ella ahnte, dass als Nächstes Perutz an der Reihe wäre, sagte sie: „Aber der Herr Perutz hatte ein großes Verständnis, der konnte gut zuhören und hat immer versucht Erklärungen zu finden."

Allerdings hatte Fried auch an Perutz etwas auszusetzen: „Ist es wirklich so bewundernswert, wenn man alles akzeptiert und im Zweifelsfall einfach das Gegenteil tut? Allein durch sein beobachtendes Wesen wurde er doch automatisch zum Außenseiter. Ein Querkopf und Sonderling, der so lange mit der Herde zieht, wie sie ihm nutzt, aber jederzeit bereit ist, sie zu verlassen."

Genau diese Art von Würdigung hatte Ella vermeiden wollen. „Aber er hat doch ..."

„Und er hat sie auch verlassen!“, störte Fried erneut ihren Beschwichtigungsversuch. „Mit seinem Drogen-Nonsens war er sogar bereit, die Waffe gegen sie zu richten. Wozu sonst die Pistole?“

Es kam Ella fast so vor, als ob die Herren es absichtlich darauf anlegten, einen Streit vom Zaun zu brechen. Vielleicht mussten aber auch nur die lange aufgestauten Emotionen heraus, denn selbst der sonst so besonnene Zweig wurde jetzt heftiger: „Geh hör auf, Fried! Wer schwimmt denn hier mit dem Strom, solange es ihm passt? Du bist doch derjenige, der auf jeden neuen, progressiv klingenden Dampfer aufspringt und sich als Weltverbesserer gebärdet. Du bist doch der größte Wegelagerer der revolutionären Weltgeschichte und verkünstelst alle neu am Horizont auftauchenden Visionen mit deiner Poeten-Propaganda. Mich wundert’s fast, dass du nicht schon bei Jeanne d’Arc und Mahatma Gandhi als Mitstreiter dabei warst, wie konnten die eigentlich so erfolgreich werden ohne deinen lyrischen Beistand? Und jetzt, was steht jetzt auf deiner To-do-Liste, die du da in deinem Plastiksackerl versteckst? Wen oder was willst du jetzt mit deinen Versen beglücken? Würdest wohl schon gern einen Nachruf auf mich verfassen, gib’s zu!“

Schon während Zweigs Vorwürfen hatte Fried heftig zu zappeln begonnen, die Nasenflügel bebten, sein Mund schnappte suchend nach Worten. Weil er aber so schnell keine fand, fuchtelte Fried mit dem Gehstock bedrohlich nah vor Zweigs Nase herum.

„Du, ich, wir ... das passt einfach nicht zusammen. Das ist Depression against Revolution. Du glaubst an den Triumph des Bösen, ich glaube an das Gute im Menschen. Du kultivierst die Sehnsucht nach dem Tod, ich aber die Hoffnung aufs Leben.“

„Fried, wann begreifst du endlich, die Hoffnung auf eine

Humanisierung der Welt ist vergebens! Schon allein, weil Menschen dabei die Hand im Spiel haben!“

„Vergib mir, oh Zweig, wenn ich widerspreche, aber die Humanisierung ist die einzige Hoffnung! Du kannst deinen Weltschmerz ja gern weiter kultivieren, aber lass mich bitte in Ruhe damit! Oder weißt du schon, wie du mich aus dem Weg räumen willst, um als Letzter und Einziger von uns eine neue Morgenröte zu erleben, du ... du verhätscheltes Liebkind der Weltliteratur du!“

Darauf ging Zweig nicht mehr ein. Sein ohnehin kaum vorhandener Kampfgeist hatte ihn wieder verlassen und er seufzte: „Was soll's. Wir haben ja doch keine Wahl. Sterben werden wir so oder so.“

Fried dagegen sprühte weiter vor Angriffslust, sein Gehstock zielte jetzt genau auf Zweigs Nasenspitze: „Richtig, du sagst es. So. Oder so. Wir haben eine Wahl. Ich sterbe lieber so: mit vollem Einsatz bis zum letzten Akt!“

Die beiden hatten komplett vergessen, dass auch Ella noch anwesend war. Mit einem „Herr Fried, kommen Sie bitte wieder runter!“ machte sie sich bemerkbar.

Wie aus einem Rollenspiel gerissen schreckte Fried auf. Er stellte den Gehstock zwischen seine Füße und fuhr trotzig fort: „Ist doch war, den Störenfried will er auch noch loswerden!“

Der Abend hatte sich zum kompletten Debakel entwickelt. Aus einem harmlosen Gespräch war ein verbaler Kampf auf Leben und Tod geworden. Ella schaffte es gerade noch, Zweig und Fried einigermaßen besänftigt zu Bett zu bringen. Das war aber weniger ihrem Einsatz als der Tatsache geschuldet, dass die beiden einfach nicht mehr konnten.

Mit dem Gefühl, dass hier etwas zu Ende ging, machte sich Ella auf den Heimweg. Es schüttete in Strömen und sie versuchte, dem Regen sowie den niederprasselnden Gedanken an den Untergang der WG zu entgehen, indem sie sich an Hauswänden und unter Geschäftsmarkisen entlangdrückte. Durchnässt und erschöpft fiel sie zu Hause ins Bett.

„Ich hab's ja gewusst. Das geht nicht gut", gab ihre Kopftochter mal wieder keine Ruhe.

„Vielleicht hast du sogar recht. Aber jetzt lass mich einfach schlafen."

15. APRIL

„Irrer Literatenkiller schlägt wieder zu!
Die in den letzten Wochen bereits zweimal in die Schlagzeilen geratene Senioren-Wohngemeinschaft am Alsergrund hat ein nächstes Opfer zu beklagen. Vermutlich an der Überdosis einer noch unbekannten Droge starb der hochbetagte Schriftsteller Leo Perutz. Er wurde vom geistesgestörten Killer gezwungen die Droge zu konsumieren. Damit gehen schon drei berühmte Autoren auf sein Konto."

Statt der von Ella im Inseratenteil geplanten Kleinanzeige „Mitbewohner für Senioren-WG gesucht", stand nun diese Meldung im Extrablatt. Und zwar in riesigen Lettern auf der Titelseite. Sie spiegelte die Meinung des Inspektors wider. Er hatte den Literatenkiller als Täter durchsickern lassen, um von den verdammten Journalisten in Ruhe gelassen zu werden. Vielleicht sogar bis zur Pension. Dann müsste sein Nachfolger sich damit herumärgern. Nur noch drei Tage und er hätte es geschafft!

Ziemlich sicher handelte es sich um einen Drogentod, der nicht ganz freiwillig erfolgt war. Denn erstens kam es Bommer abwegig vor, dass derart alte Menschen anregende Substanzen konsumierten, um ihrer Kreativität auf die Sprünge zu helfen. Zweitens deuteten die seltsamen Formulierungen „er hat angeklopft", „nicht aus freiem Willen" oder „ich begebe mich in seine Gewalt" auf Nötigung hin, vielleicht mit vorgehaltener Pistole, wozu sonst lag diese auf dem Tisch?

Alle anderen Verdächtigen schloss Bommer mittlerweile aus. Die Zihals waren einfach nicht intelligent genug. Einer der verbliebenen greisen Herren? Äußerst unwahrscheinlich. Frau Wozniak, wie er kurz vermutet hatte? Auch das konnte er sich kaum vorstellen. Sie hatte zwar keine Alibis, aber auch keinerlei Motiv. Im Gegenteil, der Tod der Herren zerstörte ihre berufliche Existenz und ihre Bestürzung wirkte echt. Es gab also keine andere einleuchtende Erklärung als den irren Literatenkiller. Nur eine Kleinigkeit störte ihn dabei: Nicht er, sondern die Herren waren auf diese Lösung gekommen. Aber so verschroben die Alten auch waren, in diesem Fall hatten sie wohl recht, denn die zu den Büchern passenden Inszenierungen waren offensichtlich.

Genau das aber machte das Ganze so vertrackt, denn diese drei Bücher hatte er bei den Zihals gefunden. Sollte „das Hasilein" doch intelligenter als angenommen sein? Und wären bei einem Serientäter nicht zwei weitere Morde zu befürchten, und zwar wiederum mit Bezug zu Büchern, eventuell genau zu den beiden weiteren, die er bei den Zihals gesehen hatte? Aber welche Art von Gefährdung ließ sich aus diesen Büchern ableiten? Und wenn nicht diese, sondern andere Bücher den Bezug lieferten? Er konnte doch unmöglich sämtliche Werke von Zweig und Fried lesen, nur um allen Bedrohungsszenarien zuvorzukommen! Oder war sogar er selbst das eigentliche Opfer? Sollte er gequält und stellvertretend für die gesamte Menschheit zur Literatur gezwungen werden? Er konnte es drehen und wenden wie er wollte, der irre Literatenkiller war die logische Lösung.

Ella blieb vor dem Zeitungsständer stehen. Die Schlagzeile wunderte sie. War denn jetzt schon alles geklärt? Die von der Zeitung hatten doch keine Ahnung. Sie fühlte sich privilegiert und überlegen. Schließlich war sie die Betreuerin der ehemals und jetzt langsam wieder sehr prominenten Herren. Sie wusste, was sich im Kopf von alten Menschen abspielte, was für Probleme sie hatten und wie unterschiedlich sie sich angesichts des Lebensendes verhielten. Sie hätte den Reportern so einiges erzählen können.

Was sie dann in der WG vorfand, hatte sie allerdings noch nie erlebt. Fried und Zweig hatten sich in ihren Zimmern verbarrikadiert. Die Türen waren abgesperrt und zusätzlich von innen verrammelt. Ella konnte die Herren zwar rumoren hören, aber sie reagierten nicht auf ihr Rufen. Sie schaltete die Kaffeemaschine ein und setzte sich ratlos an den ungedeckten Küchentisch. Wie sollte sie sich jetzt verhalten? Warum machte sie überhaupt noch Kaffee? Eigentlich müsste sie kapitulieren und beim Sozialamt anrufen, um für Fried und Zweig irgendeine andere Unterbringung zu finden.

Aber so leicht gab sie sich nicht geschlagen. Wozu hatte sie Jahrzehnte in dem Job gearbeitet? Gab es nicht immer wieder neue Herausforderungen zu bewältigen? War nicht gerade das ein Ansporn? Sie schenkte sich einen Kaffee ein. Es war ungewohnt ruhig in der WG. Gegen Ende der Tasse kam ihr der Satz „Leben ist seliger denn nehmen" wieder in den Sinn. Es schien ewig her zu sein, dass sie dieses Motto für sich entdeckt hatte, dabei waren es erst ein paar Tage. Geben konnte sie im Augenblick tatsächlich nichts, die Herren hatten sich ja verrammelt. Nehmen konnte sie auch nichts. Es blieb nur leben. Ella beschloss, dem Leben seinen Lauf zu lassen. Schließlich galt selbst für sehr alte Menschen das Recht auf Selbstbestimmung. Die Entscheidung der Herren war also zu akzeptieren. Es war ihre Sache, wenn sie sich vor dem Tod verbarrikadierten und gerade dadurch ihr Leben riskierten.

Das komplette Pflegeprogramm fiel also aus, auch die lebenswichtigen Pulver konnte Ella nicht verteilen. Nur die Tabletten für die Verstorbenen, die füllte sie wie gewohnt in das Glas und dachte wehmütig an die schöne Zeit, als noch alle lebhaft diskutierend um den Tisch saßen. Gerade wollte sie das Radio einschalten, weil ihr die Ruhe zu aufdringlich wurde, da war aus Zweigs Zimmer ein zaghafter Ruf zu hören: „Fräulein Ella? Fräulein Ella ... könnte ich wohl einen Kaffee bekommen?"

Noch ehe sie reagieren konnte, folgte ein „Oh ja, für mich bitte auch!“ aus dem Zimmer von Fried. Sie stand auf und servierte den Kaffee durch die nur einen Spalt breit geöffneten Türen. Danach rief sie den Inspektor an. Sie teilte ihm die neue Entwicklung mit und fragte nach Personenschutz für die Herren, um ihnen die Angst zu nehmen. Bommer sagte grundsätzlich zu, leider erst für den nächsten Tag. Der Personalmangel war schuld. Für die kommende Nacht hatte er eine andere Lösung: „Frau Wozniak, verfügen die Herren über Notrufarmbänder, mit denen sie bei Bedarf die Rettung rufen können?“

„Ja“, antwortete Ella.

„Dann programmieren Sie die bitte so, dass im Fall des Falles auch die Polizei alarmiert wird.“

„Werde ich machen. Ich hoffe, ich schaffe es.“

„Und übrigens, nur zu Ihrer Beruhigung, wie ich gerade erfahren habe, handelt es sich bei der Pistole mit ziemlicher Sicherheit um den Privatbesitz von Herrn Perutz. Ein altertümliches Modell, früher in Palästina sehr verbreitet, sie dürfte aus seiner Zeit in Tel Aviv stammen.“

Damit wurde klar, warum Perutz‘ Nachtkästchen immer Tabu gewesen war. Außerdem teilte ihr der Inspektor mit, dass die Auswertung des bei der Hausdurchsuchung sichergestellten Materials andauerte. Die Experten würden sich noch immer durch Frieds Chaos wühlen.

Ella ließ sich von Fried und Zweig die Notrufarmbänder aus ihren verbarrikadierten Zimmern reichen, programmierte die Verbindung zur Polizei und erneuerte sicherheitshalber auch die Batterien. Anschließend sorgte sie für Ordnung in der Wohnung und legte sich dazu in Gedenken an Perutz das Lied „Ich bin der Welt abhanden gekommen“ auf. Natürlich in voller Lautstärke. Den Text sang sie stumm mit:

Ich bin der Welt abhanden gekommen,
Mit der ich sonst viele Zeit verdorben,
Sie hat so lange von mir nichts vernommen,
Sie mag wohl glauben, ich sei gestorben.

Es ist mir auch gar nichts daran gelegen,
Ob sie mich für gestorben hält;
Ich kann auch gar nichts sagen dagegen,
Denn wirklich bin ich gestorben der Welt.

Ich bin gestorben dem Weltgewimmel
Und ruh in einem stillen Gebiet.
Ich leb' in mir und meinem Himmel,
In meinem Lieben, in meinem Lied.

Ein merkwürdiger Arbeitstag. Ella kam sich ziemlich überflüssig vor, aber einfach nach Hause gehen wollte sie auch nicht. So begab sie sich in den Garten auf ihren Lieblingsplatz unter der Magnolie. Die Blütenpracht, die den Baum noch vor Kurzem zu einem Wunder der Natur gemacht hatte, lag jetzt verblasst zu ihren Füßen. Es führte ihr die Vergänglichkeit des Lebens deutlich vor Augen. Allerdings würde die Magnolie nächstes Jahr erneut blühen, worauf aber konnten Zweig und Fried hinleben? Würden sie noch einmal aufblühen? Was konnte sie, Ella, für die beiden tun? Im letzten halben Jahr war sie zur einzigen Bezugsperson geworden. Durfte sie jetzt überhaupt noch aufhören? Zweig und Fried hatten doch niemanden mehr außer ihr.

„Ach Ella, so wichtig bist du nun auch nicht!", rührte sich die Kopftochter.

„Doch, ich bin wichtig. Wer hat sich denn um das körperliche Wohlbefinden gekümmert, jede kleine Hautrötung gepflegt, den Haushalt versorgt, die Herren trotz des hohen Alters und ihrer Beeinträchtigungen als gleichwertige Personen betrachtet, sich in sie hineingedacht, inzwischen viele ihrer Bücher gelesen, mit ihnen gefühlt und gelitten, Sehnsüchte und Visionen geteilt, sie wieder aufgerichtet und ihnen Mut gemacht?"

„Das ist doch alles idealistischer Quatsch. Du hast ihnen Sicherheit gegeben, weil du selbst Sicherheit wolltest. Du hast ihnen geholfen, um dir selbst zu helfen. Du hast ihnen ein ‚Zuhause' ermöglicht, um selbst eines zu haben."

„Mag ja sein, dass es auch mir geholfen hat. Aber was ist so schlecht daran? Soll ich denn nur arbeiten und nichts davon haben? Was ist denn falsch an einem Zuhause, daran, dass man gemeinsam Spaß hat und sich aufeinander verlassen kann? Wir waren doch fast wie eine Familie!"

„Ella, darf ich dich erinnern, dass du eine eigene Familie hast? Aber du musstest dir ja unbedingt eine neue basteln. Und nun hast du es zu weit getrieben. Du hast die Herren von dir abhängig gemacht, nur um dein Ego zu befriedigen. Du glaubst, sie könnten nicht mehr ohne dich. Falsch! Es gibt viele Ellas auf dieser Welt."

„Aber was würden denn die anderen denken, wenn ich jetzt so einfach alles hinschmeiße?"

„Welche anderen? Deine Ex-Kolleginnen? Du hast doch gar keinen Kontakt mehr zu ihnen. Die Gesellschaft? Ach so, die meinst du! Und jetzt willst du so handeln, wie du glaubst, dass die Gesellschaft es erwartet?"

„Ja, vielleicht."

„Na, viel Spaß, dann opfer dich halt auf und geh selbst vor die Hunde!"

„Nein. Ich bin anders, ich schaff das. Immerhin hab ich auch geschafft, die Herren wieder zum Schreiben zu bringen."

„Schöner Erfolg, Ella, drei von ihnen sind tot. Frag dich lieber, ob du auch dazu etwas beigetragen hast!"

„Das ist gemein, was kann ich denn dafür?"

„Es gab doch Situationen, in denen du den Herren einen Tod ohne Qualen und langes Leiden gewünscht hast, oder?"

„Aber deswegen habe ich doch nicht ... Es ist doch absurd, so etwas überhaupt zu denken!"

Die Zeit verlief schleppend. Bevor Ella ging, klopfte sie an die verrammelten Zimmertüren, um sich zu verabschieden und noch einmal auf die Notrufarmbänder hinzuweisen. Weil Fried nicht gleich antwortete, fügte sie beunruhigt hinzu: „Oder soll ich heute Nacht hierbleiben? Ich könnte auf der Bank in der Küche schlafen."

Jetzt aber erwiderte Fried: „Wollen Sie den irren Killer mit dem Brotmesser verjagen?"

„Ja, würde ich versuchen. Aber wenn der merkt, dass noch jemand da ist, wird er wohl gar nicht erst reinkommen."

„Ihr Mut ehrt Sie, Fräulein Ella, aber gehen Sie ruhig nach Hause, wir haben ja unsere Armbänder. Und falls mir der Zweig etwas antun will, mit dem werde ich auch allein fertig, for sure."

Mit schlechtem Gefühl verließ Ella die WG, achtete aber darauf, gründlich abzusperren.

An diesem Abend war ihr selbst die geliebte Katze kein Trost. Sie versuchte, sich mit Fernsehen abzulenken. Auch an ihren neuen Wahlspruch dachte sie. Aber wie sollte sie denn leben, wenn alles so schrecklich und ungewiss war? Also ging sie früh ins Bett, um sich ins Vergessen zu flüchten.

Stunden später lag sie immer noch wach, machte sich Vorwürfe und wälzte sich und ihre Gedanken hin und her. Sie hätte in der WG übernachten sollen! Kurz überlegte sie sogar, wieder zurückzukehren. Allerdings würde sie den Herren einen Mordsschrecken einjagen, wenn sie mitten in der

Nacht zur Tür hereinkäme. So blieb sie liegen, nahm eine Tablette und fiel in einen unruhigen Schlaf. Aber auch in diesem spukte die WG herum. Ella träumte, dass sie auf der Küchenbank schlief und auf einmal von einem unregelmäßigen, trappelnden Geräusch geweckt wurde. Es kam von unter der Bank und klang, als ob eine Maus hin und her huschen würde. Ängstlich hielt sie den Atem an, erhob sich leise und tastete sich zum Kühlschrank, hinter dem der Besen stand. Sie bewaffnete sich und lauschte. Wieder das Trappeln. Jetzt kratzte sie allen Mut zusammen, zielte und stieß mit dem Besen kräftig zu. Ruhe. Dann wieder das Trappeln. Es wurde lauter und heftiger. Ihr Herz pochte auf Hochtouren. Noch einmal rammte sie den Besen mit voller Wucht unter die Bank und noch einmal! Da schoss es direkt auf sie zu. Sie riss den Kopf zurück, aber schon sprang es ihr mitten ins Gesicht, zuckte und wütete auf ihr herum, auf ihrer Nase, den Augen, dem Mund!

Ella schrie auf. In Panik schnellte sie hoch und die Hände fuhren zum Kopf, um sich von Zihals Schnauzer zu befreien. Erschöpft sank sie wieder hin. Nur langsam beruhigte sich ihr Atem. Um im Dunkeln nicht erneut von der haarigen Oberlippenbestie angefallen zu werden, knipste sie die Nachttischlampe an. Kurz bevor der Wecker läutete, schlief sie ein.

16. APRIL

Ella verließ ihre Wohnung nicht nur völlig übermüdet, sondern in großer Sorge, was sie in der WG erwarten würde. Sie eilte die Stiegen hinunter, auf die Straße, zur U-Bahn. Dann die Fahrt zur Rossauer Lände, wo sie noch vor Kurzem das Leben wiederentdeckt hatte. Bei Rot hastete sie über die Straße, durch Moser- und Hahngasse in die Seegasse. Weiter vorn, auf Höhe des Altersheimes, erblickte sie eine Menschenansammlung, Polizei und einen Rettungswagen. Die Rettung vor einem Altersheim war nichts Besonderes, aber die Polizei? Beim Näherkommen entpuppte sich die Menge als Mischung aus Senioren, schaulustigen Passanten sowie Reportern. Sie umlagerten den Eingang zum Wohnheim und dem dahinter gelegenen kleinen jüdischen Friedhof.

„Da ist einem der Grabstein auf den Kopf gefallen!", sagte eine ältere Dame mit Rollator zu einer anderen.

„Na, der konnt's wohl nicht erwarten."

„Aber von uns war der nicht, haben die an der Rezeption gesagt."

„Und die ganzen Schilder! Jeder Grabstein hat eines umgehängt. So wie die Schilder damals, auf denen ‚Hier wohnen Juden' stand."

„Ist ja auch ein jüdischer Friedhof."

„Aber früher hingen die Schilder an Häusern und nicht an Gräbern. Und jetzt stehen auch so komische Sachen drauf. So etwas wie ‚Es ist was es ist'."

„Was soll denn das heißen, ‚Es ist was es ist'? Immer müssen sie auf den Grabsteinen rumschmieren, eine Schande ist das!"

Ein Pressefotograf vom Extrablatt drängte sich vorbei und schubste Ella unsanft zur Seite. Sie hatte aber schon genug gesehen und gehört. Den Rest konnte sie sich denken. Sie wollte sich auch nicht nach vorn zu den Polizisten durchkämpfen und sagen „Hallo, ich bin die Betreuerin des verunglückten Herrn, was ist denn passiert?“ Nein, sie wollte und konnte nicht. Sie hetzte weiter, bog in die Porzellangasse ein und erreichte keuchend die WG.

Lähmende Stille. Sie klopfte an Zweigs Zimmertür. Keine Antwort. Von Entsetzen gepackt klopfte sie noch einmal, heftiger und endlich war ein schwaches „Ja“ zu vernehmen.

„Herr Zweig, machen Sie auf, ich muss mit Ihnen reden!“

Rumpelnd wurden die Möbel entfernt, die als Blockade gedient hatten, dann öffnete sich die Tür. Ella zwängte sich rein und stieß hervor: „Gott sei Dank, Sie leben! Ich weiß gar nicht wie ich es Ihnen sagen soll, es ist alles so schrecklich, Fried ist tot.“

Zweig saß, im eleganten Anzug wie immer, auf seinem Bett. „Ich habe das schon befürchtet. Er ist gestern Abend noch rausgegangen. War ja nicht zu überhören, so verbarrikadiert wie er war. Aber woher wissen Sie das denn?“

Nachdem Ella wieder einigermaßen bei Atem war, erzählte sie, was sie gesehen und gehört hatte. Dann sagte sie das Einzige, das ihr in diesem Moment vernünftig vorkam: „Ich mache Kaffee.“

Sie kam mit zwei Tassen zurück, nahm am Beethovenschreibtisch Platz, sammelte sich und begann Zweig zu trösten. Er dürfe jetzt nicht den Kopf hängen lassen, sie würden schon einen Weg finden, und er müsse auch keine Angst mehr haben, weil ab dem Nachmittag polizeilicher Personenschutz für ihn vorgesehen sei.

Zweig schaute unruhig im Zimmer umher und antwortete auf alles mit „Ja“. Ella befürchtete schon einen Rückfall in seine frühere selbst gewählte Sprachlosigkeit, doch schließlich äußerte er: „Schon gut, Fräulein Ella. Der Fried also auf einem Friedhof. Das passt doch, finden Sie nicht? Der Literatenkiller hat sich wirklich etwas überlegt. Ich bin schon neugierig, was er für mich vorgesehen hat."

„Aber es kommt doch Personenschutz!"

„Naja."

Und endlich wagte Ella die Frage, die sie allen fünf Herren schon immer gerne gestellt hätte: „Herr Zweig, Sie müssen mir nicht antworten, aber wie ist das, wenn das Ende naht und der Tod jeden Moment kommen kann? Was denkt man da? Ist das Angst? Und wovor konkret? Was ist die Angst vor dem Tod?"

„Hmmm", leitete Zweig eine längere Pause ein. „Fräulein Ella, das ist eine sehr gescheite Frage. Ich werde versuchen, sie so gut wie möglich zu beantworten. Schließen wir einmal aus, dass man dahinsiecht und keine Besserung mehr möglich ist. Oder dass man unter unerträglichen Schmerzen leidet, nur noch will, dass sie aufhören, und deshalb das Ende herbeisehnt. Von diesen Fällen abgesehen kann man wohl sagen, dass jeder Angst hat. Wissen Sie, mit dem Alter steigt die Angst vor Neuem und Veränderungen, vor dem Unbekannten. Und beim Tod handelt es sich nun einmal um etwas schrecklich Unbekanntes. Man kann diese Angst verdrängen. Man kann sich betäuben oder Hilfe bei einem Gott suchen. Viele warten einfach fatalistisch auf das Ende. Einige schaffen es, der Angst ins Auge zu blicken. Das geht natürlich umso leichter, wenn alles getan ist, wenn man seine Lebensgeschichte fertig geschrieben hat."

Er überlegte kurz und fügte hinzu: „Bei mir war vor vielen Jahren, damals in Brasilien, mein Glaube an die Menschheit so klein und die Verzweiflung so groß, dass ich mein Leben vorzeitig beenden und in den Tod flüchten wollte. Sie sehen also, auch die Verzweiflung kann die Angst besiegen."

Und nach einer Pause: „Ich weiß, das klingt alles sehr banal. Viel zu banal. Ich wollte oft über dieses Thema schreiben, aber es ist fast unmöglich, denn die Wörter, die wir verwenden, sind fürs Leben gemacht und vom Leben abgenutzt, sie sind schon tausendmal gesagt und taugen nicht mehr, um so etwas Einzigartiges wie den Tod zu beschreiben. Zum Beispiel das Wort ‚Abschied'. Fürs Leben ist das ein gutes Wort, für den Tod viel zu wenig. Um den Tod zu beschreiben, bräuchte es andere, neue, endgültige Wörter."

Ella nahm einen nur mehr lauwarmen Schluck aus ihrer Tasse. „Und wann hört das Leben auf, wann fängt das Sterben an?"

Zweig betrachtete sie mit seinen sanften braunen Augen. „Das habe ich mich auch oft gefragt. Der Fried hat ein sehr schönes Gedicht zu diesem Thema geschrieben, ich hoffe, ich kriege es auch ohne Paradoxon zusammen:

vom Aufbruch zur Ankunft
vom Riskieren zum Kommentieren
vom Schaffen zum Gaffen
vom Widerstand zum Ruhestand
von Plänen zu Erinnerungen
vom Lernen zum Vergessen
vom Morgen zum Gestern
hoffentlich Heute
noch nicht

Wissen Sie, Fräulein Ella, man ist zu einem früheren Zeitpunkt noch nicht bereit für das Ende. Es gibt noch so viele andere ablenkende, anziehende oder einfach liebgewonnene Dinge, die das Interesse in Anspruch nehmen. Selbst Fragen wie „Was gibt es zu essen?" oder „Wie ist das Wetter draußen?" warten noch auf eine Antwort.

Man sagt ja, das Leben ist wie ein Buch. Auch bei einem Buch weiß man, dass das Ende kommt. Man ist sogar neugierig darauf, wie es ausgeht. Aber diese große Neugier wird überlagert von vielen kleinen Neugierden, die das Buch so spannend machen, dass man noch gar nicht ans Ende denkt und sich sogar wünscht, es würde nie kommen."

Ella sagte: „Danke, Herr Zweig" und dann: „Ich hole uns noch einen Kaffee."

Als sie zurückkam, versuchte Zweig gerade unbeholfen unters Bett zu schauen. Ella ignorierte seine Bemühungen, reichte ihm die Tasse und fragte: „Und wie geht es Ihnen im Augenblick?"

„Ach, wie soll's mir gehen? Ich bin uralt, krank und schwach, die Geldreserven sind aufgebraucht, meine Bücher werden immer weniger gelesen, die Wohngemeinschaft war einmal, ich habe gerade meine vier besten Freunde verloren und ...", wieder schaute er suchend im Zimmer umher, „... mein linker Patschen ist weg. Fräulein Ella, können Sie einmal unter dem Bett nachsehen, ob Sie ihn dort finden?"

„Aber Herr Zweig, ich besorge Ihnen gern ein neues Paar Hausschuhe. Ich wollte Sie sowieso fragen, ob wir nicht noch einmal ganz von vorn beginnen wollen, mit der WG und neuen Mitbewohnern."

In diesem Moment schrillte die Türglocke. Ella ging öffnen. Inspektor Bommer. Er sagte mit ernstem Gesicht: „Frau Wozniak, ich muss Sie leider festnehmen, wegen des dringenden Tatverdachts, vier Bewohner dieser WG ermordet zu haben. Ich brauche sie Ihnen wohl nicht im Einzelnen aufzuzählen." Der Inspektor war sehr förmlich, vielleicht weil er sich diesmal in Begleitung von zwei Kollegen befand. Ella stand wie versteinert und war unfähig zu reagieren.

„Das haben Sie sich ja schön ausgedacht, Frau Wozniak. Ich habe mich schon die ganze Zeit gefragt, ob es jemanden gibt, der vom Tod der Opfer profitiert. Aber dass Sie so ein klares Motiv haben, darauf hätte ich auch schon früher kommen können. Ja, man wird alt."

„Was ... was ...“, stotterte Ella, „was denn für ein Motiv? Der Job hier ist doch mein Leben!“

„Ich bitte Sie, Frau Wozniak, jetzt ist Schluss. Sie wussten, dass ab heute Personenschutz abgestellt wird und haben vorher schnell noch Herrn Fried ... Na zum Glück haben Sie die Sache nicht ganz zu Ende führen können und Herr Zweig ist noch am Leben. Holen Sie bitte Ihre Sachen und kommen Sie!“ Dann nahm er seine Hornbrille ab und ließ einen Stoßseufzer folgen: „Geschafft. Rechtzeitig vor der Pension alles erledigt!“

Zweig war in seinem Zimmer geblieben und hatte das Ganze aus dem Hintergrund verfolgt. Gerne hätte er etwas gesagt, doch erstmals war er wirklich sprachlos.

17. APRIL

Auch eine Art Paralleluniversum, dachte Ella, nachdem sie ihre Zelle in der Untersuchungshaft bezogen hatte. Raus aus dem einen, rein ins nächste. Gibt es eigentlich ein Original-Universum?

In der letzten Zeit war von ihr vieles infrage gestellt worden. Wer begeht ein Verbrechen wirklich, derjenige der es denkt, der es plant, der es ausführt, der es ausführen lässt, oder der, der es zulässt, unterstützt und fördert? War es eine Art Sterbehilfe, die Herren mit jeder Menge Nikotin und Koffein versorgt zu haben? War ihre Pflege zu nachlässig gewesen? Hätte sie früher die Reißleine ziehen müssen? Hatte ihr sogenanntes Gutmenschentum zum schlechten Ende beigetragen? Aber wie auch immer, sie hatte sich einmal mehr aufgeopfert und nun saß sie im Gefängnis. Ihre Eigenschaft, die Schuld zuerst immer bei sich zu suchen, war wenig hilfreich für eine nüchterne Beurteilung der Situation. Genau so wenig wie die Berichterstattung in den Medien. Ein Justizwachebeamter hatte ihr das Extrablatt mit der Meldung über Frieds Tod gebracht.

„Es ist was es ist: Brutaler Mord an Erich Fried!“ sprang ihr die Schlagzeile ins Auge. Und der darunter stehende Text lautete:

„Gestern wurde der berühmte Dichter Erich Fried Opfer der irren Literatenkillerin. Sie erschlug ihn brutal mit einem Grabstein. Die Killerin Gabriela W., gebürtige Polin, konnte kurz nach der Tat gestellt werden. Es handelt sich um die Pflegerin der Senioren-WG von E. Fried, H. v. Doderer, F. Torberg und L. Perutz. Alle vier wurden aus Habgier von ihr ermordet, denn wie sich jetzt herausstellte, hatten die Opfer sie testamentarisch zur Erbin bestimmt. Die Polizei teilte außerdem mit, dass die

Killerin bereits vor einem Jahr in einen Pflegeskandal verwickelt gewesen war."

Darunter zeigte ein großes Foto den umgestürzten Grabstein mit dem Schild „Es ist was es ist". Die Leiche hatte man schon entfernt, aber neben dem Grabstein lehnte noch Frieds Plastiksackerl. Wäre alles nicht so entsetzlich traurig gewesen, hätte Ella lachen müssen. Außerdem waren noch drei weitere kleine Fotos von Grabsteinen zu sehen. Auf den Schildern stand „Zu den Steinen hat einer gesagt, seid menschlich – die Steine haben gesagt, wir sind noch nicht hart genug" und „Wer die Menschen reden hört – weiß – es werden nur Steine bleiben" sowie „Gedichte, die viel zerstörbarer sind als Stein – werden vielleicht mein Haus aus Stein überdauern".

18. APRIL

Ella war so abrupt verhaftet worden, weil man bei der Auswertung von Frieds Chaos auf ein verhängnisvolles Post-it gestoßen war. „Testament ändern" stand darauf und eine Telefonnummer. Die Telefonnummer führte zu einem Notar, und wie sich herausstellte, hatten alle fünf Herren ihr Testament zu Ellas Gunsten geändert oder überhaupt erst eines aufgesetzt. Das war gewesen, nachdem sie Perutz vom Verlust ihrer privaten Altersvorsorge erzählt hatte. Ein Bumerang. Gut gemeint, aber mit katastrophalen Folgen. Ihre Fürsorge wurde als hinterhältige Berechnung interpretiert und ihr aufopferndes Wesen, um von sich als Täterin abzulenken. Sie hatte die Herren getötet, um sich den Lebensabend zu versüßen. Sie war von der gebenden Ella zur nehmenden Frau Wozniak geworden. Ella die Erbschleicherin.

Logischer und schwerwiegender konnte wohl kein Motiv sein, alles andere fügte sich wie ein Puzzle zusammen. Sie war die einzige Person, die überhaupt Kontakt zu den Herren und jederzeit Zugang zur WG hatte. Sie kannte die Herren, ihre Bücher und ihre Situation. Sie hatte kein einziges Alibi für die jeweiligen Todeszeiten. Erschwerend kamen diverse Indizien hinzu, zum Beispiel hatte Fried sein Notrufarmband nicht betätigt. Er musste seinen Mörder oder seine Mörderin also gekannt haben. Und auch als Ella einwandte, warum sie sich denn die Mühe mit den komplizierten Inszenierungen der Todesfälle gemacht haben sollte, wurde es gegen sie ausgelegt. Sehr schlau sei das gewesen, denn dadurch wurden die Hauptwerke der Herren noch einmal in die Auslage gestellt, was das potenzielle Erbe steigern würde.

Als äußerst gerissen wurde zudem die Idee bewertet, alles einem mysteriösen Literatenkiller in die Schuhe zu schieben.

Sensationsgierig hatte sich die Öffentlichkeit darauf gestürzt. Niemanden interessierte, dass diese Täterversion gar nicht von ihr stammte.

Ella lag auf der Pritsche. Links und rechts von ihr, über und unter sich Beton. Sie fühlte sich lebendig begraben. Vier der fünf Herren waren tot, sie selbst befand sich in U-Haft und die Wahrscheinlichkeit war groß, dass diese in eine lebenslange Haftstrafe münden würde. Wie sollte sie ihrer Mutter je wieder in die Augen sehen, was ihrer Tochter sagen?

27. APRIL

Der Verhandlungstermin rückte unaufhaltsam näher. Ellas Gemütszustand schwankte zwischen hoffnungsloser Verzweiflung und verzweifelter Hoffnung. Dumpfes Brüten löste sich mit der fieberhaften Suche nach einem Ausweg ab. Womit konnte sie ihre Unschuld beweisen? Ihr fiel nichts ein und die Zeit rannte ihr davon. Wie viel lieber würde sie jetzt mit den Herren im rauch- und ideengeschwängerten Kaffeehaus sitzen! Es waren diese kleinen Fluchten in die Vergangenheit, die sie zwischendurch ein wenig aufbauten.

Wofür war die WG gut gewesen? Für ein paar schöne Monate, in denen die Herren wieder eine Heimat hatten, ihre Leidenschaften lebten und Ziele verfolgten? In denen sie selbst sich zu Hause und anerkannt fühlte, und viel über das Leben, das Alter und das Sterben gelernt hatte? Besonders das letzte Gespräch mit Zweig bedeutete ihr viel. Sie musste oft daran denken, auch an Zweig selbst. Sie wünschte ihm, dass zumindest er es schaffen würde, sein Opus Magnum zu vollenden. Seit ihrer Verhaftung hatte sie nur noch erfahren, dass er im Altersheim in der Seegasse untergekommen war, dort wo Fried auf dem jüdischen Friedhof sein Ende gefunden hatte. Ellas Anwalt hatte mehrmals Kontakt zu ihm aufgenommen, aber Zweig war offensichtlich nicht in der Lage, etwas zu ihrer Entlastung beizutragen.

30. APRIL

Morgen würde der Tag ihrer Verurteilung sein. Die Fakten waren erdrückend, die Lage aussichtslos. Es gab in den Mordfällen nur eine logische Täterin: Ella.

Ihr Anwalt sah kaum Chancen. Auch er glaubte ihr nicht. Inzwischen zweifelte sie manchmal selbst an sich. Hatte sie immer so gehandelt, wie sie es sich einbildete? War in der Wohngemeinschaft wirklich alles real gewesen? Hatten für die Herren nicht ganz andere Wahrheiten gegolten? Nicht am Leben und doch nicht unter der Erde, so hätten sie es wohl selbst bezeichnet.

Ella hatte nur noch 24 Stunden Zeit. War denn wirklich absolut nichts zu ihrer Entlastung zu finden? Gab es nicht doch irgendeinen übersehenen Zeugen, der ihre Unschuld beweisen konnte? Gab es tatsächlich keinen anderen logischen Täter, der die Herren auf dem Gewissen haben konnte? Gab es kein noch so kleines, bisher übersehenes Indiz für einen komplett anderen Tathergang? Ihr Kopf schmerzte, weil all die Fragen, die sie sich schon tausendmal gestellt hatte, gleichzeitig hineindrängten und bearbeitet werden wollten.

Der Justizwachebeamte kam mit dem letzten Mittagessen vor der morgigen abschließenden Gerichtsverhandlung und der Urteilsverkündung. Außerdem überreichte er ihr ein Päckchen. Der Absender war unleserlich, vom Regen verwaschen. Unter dem Päckchen das Extrablatt. Er hatte es ihr wieder aus der U-Bahn mitgebracht, genauso wie sie es für ihre fünf Herren immer getan hatte. Aber weder die Zeitung noch das Päckchen interessierten sie. Sie hatte zuletzt viel Post bekommen, meistens wurde sie darin als Mörderin beschimpft. Das brauchte sie jetzt wirklich nicht. Sie musste sich konzentrieren, denn es galt, ihre Unschuld morgen noch einmal so gut als irgend möglich nachzuweisen. Wenn ihr das nicht gelang, würde sie den Rest des Lebens noch mehr als genug Zeit für Post und Zeitungen haben. Zu allem Überfluss meldete sich jetzt auch noch die Kopftochter: „Hör auf, stumpfsinnig herumzusitzen, denk scharf nach, tu es für deine Familie!"

„Was glaubst du, was ich die ganze Zeit mache, Däumchen drehen? Mir platzt schon der Schädel!"

„Geh alle Details noch einmal gründlich der Reihe nach durch!"

„Will ich ja, aber das Päckchen lenkt mich ab. Ich sollte zumindest kurz nachschauen, um was es sich handelt."

Ella riss die Verpackung auf und stieß auf ein Manuskript. Als sie es in die Hand nahm, rutschte der letzte Teil heraus. Er war mit violetter Tinte in Briefform geschrieben. Mit zittrigen Händen begann sie zu lesen:

„Liebes Fräulein Ella, ich muss mich hier und jetzt als Verfasser dieses Werkes bei Ihnen zu erkennen geben. ‚Ich' bin in diesem Fall natürlich nicht ich allein, sondern ‚wir', denn wir, ihre fünf Herren, haben dies alles zusammen geplant, geschrieben und umgesetzt. Seit Frieds Tod bleibt mir allerdings die Aufgabe, den Schluss allein zu Papier zu bringen.

Es fällt mir nicht leicht. Denn mit Ihrer Verhaftung ist uns das Ganze außer Kontrolle geraten. Dass die Testamentsaktion vorzeitig entdeckt werden könnte und Sie natürlich schwer belastet, hatten wir nicht vorhergesehen. Am Ende zeigt sich also, dass wir zwar gut im Geschichten-Erfinden, aber keine professionellen Kriminellen sind. Ihre Verhaftung ist auch der Grund, unser, ich nenne es mal ‚Experiment', etwas überhastet zu Ende zu führen, damit Sie mit diesem Manuskript rechtzeitig Ihre Unschuld beweisen können.

Bisher wurde hier nur geschrieben, was passiert ist. Für Sie ist das alles nichts Neues. Aber wie es passiert ist und warum wir so vorgegangen sind, will ich Ihnen jetzt schildern:

Anfang des Jahres haben wir festgestellt, dass unsere Bücher immer weniger gelesen werden, weil sie nicht mehr aktuell sind. Unsere Unsterblichkeit stand also auf dem Spiel. Das wollten wir durch neue Werke verhindern, haben aber rasch erkannt, dass dazu jeder für sich allein nicht mehr in der Lage war. Daraufhin starteten wir den Versuch, gemeinsam zu schreiben. Kurzfristig waren wir wieder motiviert, doch leider fehlte die Idee für das gemeinsame Werk und schnell verfielen wir erneut in unzufriedene Lethargie. Bis wir auf ein sehr naheliegendes Thema stießen: den Tod. Ein Buch über das Ende würde unsere literarische Unsterblichkeit langfristig absichern, denn der Tod wird die Menschen beschäftigen solange es Menschen gibt. Und so haben wir dem Tod einen Kompromiss angeboten: Wir begeben uns freiwillig in seine Hände, dafür lässt er uns im Literatenhimmel, im ewigen Kaffeehaus weiterleben.

Es hat riesigen Spaß gemacht, sich all das auszudenken, ein finales Drehbuch zu verfassen, selbst noch einmal eine Rolle zu spielen, noch einmal etwas Neues anzufangen, zu probieren und zu lernen. Nicht nur eine Vergangenheit, sondern bis zum Schluss auch eine Zukunft zu haben.

Wir alle waren voller Überzeugung dabei. Doderer, weil er es so schön skurril fand und er gern eine Urne mit der eigenen Asche auf seinem zukünftigen Schreibtisch stehen haben wollte. Torberg, weil ihn der Teamgedanke bei diesem Experiment so faszinierte. Perutz natürlich, weil es das Gegenteil von dem ist, was alle machen. Fried aus Kampfeslust für die Selbstbestimmung bis zum Schluss. Ich, weil ich es für einen kreativen, inspirierenden Abschied halte. Und alle waren wir uns einig, dass es sowieso dringend eine Alternative beim Umgang mit dem Tod braucht, denn wir wollten uns das Leben weder einfach nehmen, noch tatenlos auf den Tod warten. Wir wollten einen würdigen Abgang. Wir waren neugierig auf das Ende und wollten das letzte große Abenteuer ganz bewusst erleben.

Wenn es uns mit diesem Experiment nicht gelingen sollte, unsterblich zu bleiben, so haben wir zumindest das Leben vor dem Tod noch einmal richtig ausgekostet und das Schreiben genossen. Zugegebenermaßen ist es kein umfangreiches Opus Magnum, sondern ein ganz normales Buch geworden, das wir absichtlich in einem neutralen Stil gehalten haben, damit es zu jedem von uns passt.

Nun aber zu den Todesfällen. Es ist sinnlos, Einzelne von uns der Beihilfe zum Mord oder Selbstmord zu bezichtigen, denn wir haben uns jeweils gegenseitig geholfen.

Die anderen Verdächtigungen und Verdächtigen, die wir ins Spiel gebracht haben, die Angst, auch voreinander, die Streitszenen in Ihrer Gegenwart – es war alles inszeniert. Lauter Nebelgranaten, um die Wahrheit zu verbergen.

Sie können sich vorstellen, dass es gar nicht so einfach war, unsere Aktivitäten vor Ihnen zu verheimlichen. Einmal, als Sie sich über den seltsamen Schwund der blauen Einmalhandschuhe gewundert haben, hatten wir sogar Angst, dass Sie uns auf die Schliche kommen. Wir haben die Handschuhe gebraucht, um Fingerabdrücke zu vermeiden. Nur am Rollstuhl von Doderer haben wir sie weggelassen, denn dort wäre das Fehlen von Fingerabdrücken ja eher auffällig gewesen. Und so haben sich die einzelnen Fälle zugetragen:

Doderer:

Es war ziemlich anstrengend, nachts im Dunkeln, wir alten Tattergreise, den Doderer im Rollstuhl schiebend, die Strudlhofstiege hinaufzukommen. Oben angelangt, wollte Doderer plötzlich nicht mehr. ‚Warum gerade jetzt, wo's lustig wird?' meckerte er. Schließlich aber sah er ein, dass einmal Schluss sein muss, und auch unser gemeinsames Werk ganz auf dieses Ende angelegt war. Ein kräftiges ‚Für die Unsterrrblichkeit!' auf den Lippen rauschte er dann die Stiege hinunter. Mit einem mörderischen Tempo krachte er in die Balustrade. Es schleu-

derte ihn hinüber und er landete samt seinem Rollstuhl direkt unten vor dem Brunnen.

Torberg:

Es kam uns zugute, dass ‚Tag der offenen Tür' war, so konnten wir unauffällig in die Schule gelangen. Einige haben zwar dumm geschaut, aber man hielt uns wohl für die Groß- oder Urgroßeltern von Schülern. Wir haben uns wie Schulbuben in einer Toilette versteckt und gewartet, bis das Gebäude leer war. Torberg wollte sich sogar eine letzte Zigarette anzünden, das haben wir ihm aber wegen der Rauchmelder verboten. Dann sind wir mit dem Aufzug hinauf in den dritten Stock, haben Torberg aufs Fenstersims geholfen und ihm Textzeilen aus dem ‚Schüler Gerber' vorgelesen, um ihn zum Sprung anzuspornen.

Perutz:

Die Idee mit der Pistole war von Perutz selbst. Er war ganz stolz darauf, weil wir damit schon im Vorfeld für Unruhe sorgen konnten. Später diente sie nur noch als Notlösung, falls es mit der Droge nicht geklappt hätte. Sowohl die Zutaten zur Droge als auch die Pistole stammten aus seiner Exilzeit in Tel Aviv. Die Niederschrift des Drogenerlebnisses hatte Perutz schon vorher mit unserer Hilfe verfasst, in einer Form, die eindeutig zweideutig interpretiert werden konnte.

Fried:

Das war für mich der schwerste Fall, weil ich dann schon allein war und er sich eingebildet hatte, von einem Grabstein auf dem jüdischen Friedhof erschlagen zu werden. Dieser Grabstein, er stand zwar schon sehr schief, aber ihn endgültig zum Kippen zu bringen, hätte meine Kräfte fast überfordert. Für die Buchstaben der Schilder, die wir den Grabsteinen umgehängt haben, hatte Fried Schablonen angefertigt. So sah es schöner aus und man konnte keine Handschrift erkennen. Sehr gut aus Vermarktungssicht war, dass die Zeitung den Titel seines wohl berühmtesten Gedichts ‚Es ist was es ist' direkt in die Todes-Schlagzeile übernommen hat.

Bestes Fräulein Ella, ehe auch ich aus freiem Willen und mit klaren Sinnen meinen Abschied nehme, drängt es mich, Ihnen innig zu danken, dass Sie uns und unserer Arbeit so ein wunderbares Umfeld ermöglichten. Mit jedem Tag haben wir Sie mehr lieben gelernt. Nirgendwo sonst hätten wir das Buch unseres Lebens noch einmal derart neu aufschlagen und würdig beschließen können.

Bitte nehmen Sie unsere Entschuldigung an, dass wir Sie und Ihre aufopfernde Tätigkeit gewissermaßen missbraucht haben. Aber wir mussten Sie in Unwissenheit lassen, um Sie zu schützen. Leider hat es zuletzt nicht ganz geklappt. Hoffentlich geht also die Rechnung auf, dass unser Tod den Buchverkauf ankurbelt und die Erlöse eine kleine Wiedergutmachung für das Erlittene darstellen.

Zumindest aber sollten Sie mit unserem Schuldbekenntnis schnellstmöglich entlastet und freigesprochen werden. In diesem Sinne wünsche ich Ihnen im Namen von uns allen, dass Sie rasch wieder eine gute Anstellung finden, mit Ihrer Familie ins Reine kommen und etwas Freude an unserem Erbe haben. Genießen Sie es getreu Ihres Wahlspruchs ‚Leben ist seliger denn nehmen'!

Und nun zu mir:

Als Autor der ‚Schachnovelle' kommt mir die Rolle zu, das Schlusskapitel zu schreiben, denn der König fällt ja bekanntlich zuletzt. Ich trage als Robe meinen Bademantel, dazu die Pappkrone, die Sie mir damals zum Spaß von Burger King mitgebracht haben. Auf dem Brett vor mir habe ich die entscheidende Situation aus der ‚Schachnovelle' nachgestellt. Der König steht im Schach. Es gibt kein Entkommen. Neben dem Brett wartet das Gedenkglas mit unseren gesammelten Tabletten, ich habe es aus der WG mitgenommen. Diesen Cocktail werde ich jetzt zu mir nehmen, so haben die anderen dann auch zu meinem Ende beigetragen. Und hinunterspülen werde ich die ‚Pulver' mit einem letzten Kaffee, der natürlich längst nicht so gut wie der Ihre ist.

In Liebe und Freundschaft, bleiben Sie guten Mutes und grüßen Sie Ihre Katze!

Heimito, Friedrich, Leo, Erich und Stefan"

Ella ließ die letzte Seite sinken. Das Mittagsmahl stand immer noch unberührt vor ihr. Statt zu essen hatte sie nicht nur den abschließenden Brief, sondern gleich auch das gesamte Manuskript verschlungen. Draußen vorm Zellenfenster war inzwischen die Abenddämmerung über die Stadt gekrochen.

In ihren Augen sammelte es sich feucht. Die fünf Herren hatten die gemeinsame Zeit in der WG wundervoll beschrieben und sich auch in Ella sehr gut hineinversetzt. Selbst die abschließende Schilderung ihres Gefängnisaufenthalts entsprach ziemlich der Realität. Sie hatten sie geliebt und ihr etwas hinterlassen: dieses Manuskript. Ella war gerührt, befreit flossen nun die Tränen. Und langsam kam ihr die Erkenntnis: Sie hielt tatsächlich den Beweis ihrer Unschuld in den Händen!

Was sollte sie nun machen? Vor Freude schreien? An der Zellentür trommeln, um ihre sofortige Entlassung zu fordern? Oder souverän und siegessicher bis morgen zur Verhandlung warten?

Weder noch, sie nahm das Manuskript und drücke es an ihr Herz. Sie fühlte sich frei, unbeschwert und selig, so wie damals im Alter von acht Jahren, als ihre Familie noch intakt gewesen war und sie zu Weihnachten das so sehnsüchtig gewünschte Buch *Alice im Wunderland* geschenkt bekommen hatte.

Ella genoss das Gefühl und war einfach nur glücklich. Da fiel ihr Blick auf das Extrablatt, das unter dem Manuskript gelegen war. Wenn noch ein zusätzlicher Beleg für ihre Unschuld notwendig sein sollte, so hatte sie ihn jetzt schwarz auf weiß:

„Überraschende Wende im Literatenkiller-Prozess:

Der König ist gefallen!

Auch der letzte Bewohner der in die Schlagzeilen geratenen Literaten-WG vom Alsergrund wurde jetzt tot aufgefunden. Stefan Zweig, Autor der ‚Schachnovelle', beging als König verkleidet Suizid. Er starb an einem Tablettencocktail. Die ehemalige Pflegerin der WG, die bisher als ‚die Literatenkillerin' galt und sich zur Zeit in Untersuchungshaft befindet, wird dadurch entlastet. Ihre Täterschaft in den vorangegangenen vier Todesfällen wird nun überprüft, die Anklage dürfte fallen gelassen werden."

Epilog

Einige Monate waren seit Ellas Entlassung aus der U-Haft vergangen. Sie stand in der Porzellangasse und betrachtete das Gründerzeithaus auf der gegenüberliegenden Straßenseite. Es kam ihr unwirklich vor, dass sich dort die WG befunden und ein wichtiger Teil ihres Lebens abgespielt haben sollte. Insgesamt handelte es sich nur um ein halbes Jahr, aber um was für eines! Bevor sie am nächsten Tag zum Familientreffen nach Krakau fuhr, um die Situation mit Mutter und Tochter zu klären, wollte Ella die Geschichte noch einmal abrufen und alle Orte dieses tödlichen Schauspiels aufsuchen. Handelte es sich um eine Komödie, eine Tragödie oder einen Krimi?

Zweigs museumsartiges Zimmer erschien vor ihren Augen und sie bildete sich ein, ihn dort sitzen zu sehen, an Beethovens Schreibtisch, darauf das Fässchen mit der lila Tinte. Wo waren die Sachen hingekommen, wer kümmerte sich jetzt um all die Dinge? Was war aus dem Kaffeehaus geworden, in dem die Herren Hof gehalten und sich Perutz seinen letzten Wunsch erfüllt hatte, indem er in ihm starb?

Ella widerstand der Versuchung, einfach hineinzugehen, um zu schauen, ob noch alles beim Alten war oder Zihals zahlreiche Nachkommenschaft dort schon ihr Unwesen trieb. Sie wollte sich die Erinnerungen nicht zerstören lassen. Lieber setzte sie ihren Abschiedsspaziergang fort, zur Strudlhofstiege, es waren nur fünf Minuten. Oben angekommen hielt sie inne und konzentrierte sich. Dann folgte sie Doderers nächtlicher Fahrt die Stufen und Rampen hinunter, um die Kurven, das Tempo steigernd, bis zum finalen Sturz über die Balustrade direkt vor den Brunnen. Da lag das blutige Durcheinander aus Rollstuhl und Doderer, sein Hut ins Gesicht gerutscht, so wie sie es damals hatte anschauen müssen.

Heute aber war ein sonniger Herbsttag, nichts lag vor dem Brunnen und Ella ging weiter, in die Seegasse. Hinter dem Altersheim, in dem Zweig als König die letzten Worte geschrieben hatte, erwartete sie der kleine jüdische Friedhof mit den schiefen und halb umgestürzten Grabsteinen. Der Stein, der Fried erschlagen hatte, war noch nicht wieder aufgerichtet. Ansonsten erinnerte nichts an das Ereignis. Der Friedhof wurde von einer hohen, mit Efeu überwucherten Mauer begrenzt. Dahinter musste sich ein Tennisplatz befinden. Ein unregelmäßiges Pfop—pfop---pfop-pfop-pfop----Pfop drang herüber. Dann Pause, dann wieder Pfop-pfop, das Spiel ging weiter. Beim Verlassen des Friedhofs begegnete ihr ein Mann mit grauer Sportkappe, der ebenso wie sie in Gedanken versunken die Atmosphäre des Ortes in sich aufsaugte. Er nickte ihr freundlich zu und Ella nahm an, dass es sich um einen literaturinteressierten Menschen handelte, der auf den Spuren ihrer Herren wandelte.

Dann zog es sie ins Servitenviertel. Sie spazierte am Servitenwirt vorbei Richtung Wasagasse. Beim Gymnasium angelangt, wanderte ihr Blick zum Fenster im dritten Stock hinauf und dann wieder hinunter zu den Messingtafeln, die an die ehemaligen Schüler Zweig, Fried und Torberg erinnerten. Ella fragte sich, ob jetzt eine weitere Tafel angebracht werden würde, in Gedenken an Torbergs Fenstersturz.

Herbstlich vergoldete Blätter segelten von den am Platz wachsenden Platanen. Die Sonne verlor an Kraft und Ella ging weiter, querte die Ringstraße und gelangte in die Innere Stadt. Sie kam an einem Buchgeschäft vorbei. In der Auslage waren die Hauptwerke der fünf Herren platziert, sowie ihr letztes, ihr neues, das Gemeinschaftswerk: *Nur der Tod ist unsterblich*. Es war seit einer Woche im Buchhandel erhältlich. Ob es ihnen die ersehnte Unsterblichkeit sichern würde, würde sich zeigen.

An der Ecke Herrengasse/Strauchgasse öffnete Ella die schwere Kaffeehaustür und betrat zum ersten Mal in ihrem Leben das Café Central. Vom aufmerksamen Ober wurde sie zu einem freien kleinen Marmortisch geleitet. Sie setzte sich, bestellte eine Melange und holte das Buch aus dem Rucksack.

Feierlich hielt sie ihr Buch, ja, sie betrachtete es als ihr Tagebuch, das die Herren für sie geschrieben hatten, in den Händen. Hier also waren sie damals gesessen, hatten gelesen, gespielt, getrunken, diskutiert, gelebt, die Zeit vergessen und die Welt neu erfunden.

Und Ella lächelte bei der Vorstellung, dass sie ihr jetzt zuschauen würden, als sie das Buch zur Seite legte und das aktuelle Extrablatt aufschlug, um die Kleinanzeigen mit den Stellenangeboten zu studieren. Das hatte ja schon einmal ganz gut funktioniert.

Anmerkungen des Autors und Quellen

Bei vielen der Worte, die ich den fünf Unsterblichen in den Mund gelegt habe, handelt es sich um Aussagen, die die Betreffenden so oder so ähnlich getätigt haben. Die Zitate wurden von mir fallweise gekürzt und adaptiert. Neben den Zitaten beruhen auch einige der beschriebenen Vorkommnisse und Situationen auf überlieferten Begebenheiten.

Für die Recherche wurden von mir die Hauptwerke der handelnden Personen, sowie Biographien, Autobiographien, Briefwechsel, Ton- und Bilddokumente (so weit zugänglich) herangezogen.

Seite 7
„speiben“ = österreichisch/wienerisch für „sich übergeben“

Seite 8
Café Central und Café Herrenhof: Früher beliebte Treffpunkte der Literatenszene

„In Tel Aviv sitzt man auf Holzsesseln, bekommt seinen Tee hingestellt und sonst höchstens noch eine Grobheit.“ *Perutz an Annie und Hugo Lifczis, 10.12.1950 (K 361). Siehe Hans-Harald Müller „Leo Perutz – Biographie“, Zsolnay, Seite 358*

Seite 9
„Handwerklich virtuose, neo-barocke Stickerei“: Bezeichnung von Doderers Oeuvre durch Claudio Magris. *In Claudio Magris: Der habsburgische Mythos in der österreichischen Literatur, Salzburg 1966, S. 296.*

Seite 10
„Denn Gott sprach: es ist nicht gut, dass der Mensch ohne Kaffeehaus sei. Genesis 1 Vers 18.“ Zitat aus einem Brief von Torberg an Justinian Frisch. *Siehe Friedrich Torberg „Kaffeehaus war überall – Briefwechsel mit Käuzen und Originalen“, Langen Müller, Seite 69*

Seite 13
„... das Kaffeehaus ..., ... die letzte geruhsame Insel im hektisch tobenden Meer des Großstadtbetriebs." *Siehe Torberg, Friedrich: Auch Nichtraucher müssen sterben, Ullstein, Seite 131*

Seite 15
„Extrablatt": In Anlehnung an die heutigen Gratis-Tageszeitungen, aber tatsächlich gab es von 1872 bis 1928 in Wien eine kleinformatige Tageszeitung, das „Illustrirte Wiener Extrablatt"

„Eines Tages werden wir ..." *Siehe David Axmann „Friedrich Torberg – Die Biografie", Langen Müller, Seite 108*

Seite 16
„Die Morgenröte eines neuen Tages erleben ..." Angelehnt an den letzten Satz aus Zweigs „Abschiedserklärung": „Ich grüße alle meine Freunde! Mögen sie die Morgenröte noch sehen nach der langen Nacht! Ich, allzu Ungeduldiger, gehe ihnen voraus." Petropolis 22.11.1942

Seite 21
„Mezzanin" = Zwischengeschoss, meist zwischen Erdgeschoss und erstem Obergeschoss, besonders in Zinshäusern der Gründerzeit gebräuchlich.

Seite 22
Der Amtsrat Zihal kommt als Person bei Heimito von Doderer vor. Als Nebenfigur in „Die Strudlhofstiege", als Hauptfigur in „Die erleuchteten Fenster oder die Menschwerdung des Amtsrates Julius Zihal"

„Er war eine erdachte Figur, genauer gesagt. Ein geistesfeindlicher, humorloser, pedantischer Subalternbeamter, ein Scheusal österreichischer Eigenart." *siehe Klaus Nüchtern „Kontinent Doderer – Eine Durchquerung", C.H.Beck, Seite 44*

Doderer hasste Hausmeister: „Des Autors nachgerade biblischer Hass auf die Hausmeister hat einige der komischsten Szenen und Passagen ... hervorgebracht ...", *siehe Klaus Nüchtern „Kontinent Doderer – Eine Durchquerung", C.H.Beck, Seite 44*

Seite 24
Erich Fried nutzte in den letzten Jahren einen Gehstock und war gerne mit „seiner heißgeliebten Plastiktüte“ unterwegs. *Siehe z.B. Cathrine Fried-Bosell „Erich Fried – Ein Leben in Bildern und Geschichten“, Büchergilde Gutenberg, Seite 113*

Seite 24/25
„Das Fehlen des Tabaks ...“: Adaptiertes Zitat. Original:
„Gift: Das Fehlen des Tabaks hat auf den Geist sehr
starke Wirkungen, insbesonders bei jemand, für den die
Zigarette immer ein unentbehrliches Lebensmittel
dargestellt hat, welches unbedingt zu verschaffen er
keine Mühe scheute. ... oder ist das Gift selbst
überhaupt für mich schon nötig, um meine dritte Dimension
zu erschließen?“ *Siehe Heimito von Doderer „Tangenten 1940–1950, Tagebuch eines Schriftstellers“ dtv, Seite 277*

Seite 26
Zitat von Marcel Reich-Ranitzky über Fried: „Ein Dichter, der jede Zeitungsmeldung zu einem Gedicht verarbeiten kann.“

Seite 27
„Einst hatten die Zeitschriften ...“ Zitat Roda-Roda

Seite 28
Torbergs Kritik an Frieds Lyrik: „Auch Torbergs Lyrikauffassung ist konservativ ... und er hält drei Viertel alles dessen, was sich derzeit ... als Lyrik darbietet, für schieren, bübischen Unfug.“ *Siehe David Axmann „Friedrich Torberg – Die Biographie“, Langen Müller, Seite 211*

Seite 30
Doderer glaubte daran, dass Dinge beseelt wären.

Beschreibung Zweigs Zimmer: Historisch belegte Sammlerstücke. Zweig pflegte zeitweise eine extreme Sammelleidenschaft für Autographen, gab sehr viel Geld dafür aus.

Zweig war dafür bekannt, gerne mit lila Tinte zu schreiben.

Seite 31
„contra torrentem“: Leo Perutz besaß einen Siegelring mit diesem Wahlspruch.

Torberg war Fußball-Fan. „Fußball war seine erste Liebe …“, „Sindelar ist für mich bis heute das größte Fußballgenie aller Zeiten geblieben“, „Dem genialen Mittelstürmer Sindelar zu Ehren hat Torberg ein Gedicht geschrieben …“, „Als Torberg aus der Emigration nach Wien zurückkam, wurde er Anhänger der Austria.“ *Siehe David Axmann „Friedrich Torberg – Die Biographie“, Langen Müller, Seite 43 ff.*

Beschreibung Frieds Zimmer: *Aus Catherine Fried „Über kurz oder lang – Erinnerungen an Erich Fried“, Wagenbach, Seite 136*

Seite 35
„sekkieren“ = österreichisch für „belästigen, quälen“

Seite 40
Doderer bezeichnete seine Nazi-Vergangenheit als „barbarischen Irrtum“.

Seite 41
Zweigs Bücher waren dabei, als am 10. Mai 1933 in vielen Deutschen Städten unter dem Motto „Aktion wieder den undeutschen Geist“ Bücher auf Scheiterhaufen verbrannt wurden. Auch in Salzburg kam es am 30. April 1938 auf dem Residenzplatz zu einer Bücherverbrennung.

Seite 43
Doderers unerfüllter Wunsch: Originalzitat „Wenn ich mich frage, was ich denn eigentlich und wirklich haben möchte und mir wünschte: so wäre es – viel Geld, um in einer Folge schwerster sexueller Excesse, sinnloser Saufereien und dementsprechender Gewalthändel endlich und endgültig unterzugehen.“ *Siehe Klaus Nüchtern „Kontinent Doderer – Eine Durchquerung“, C.H.Beck, Seite 141*

Torbergs Wunsch: „Torberg aß für sein Leben gern, je besser, desto lieber. Auf seinem Grabstein wünschte er sich die symbolkräftige Inschrift eingraviert: „Essen war seine Lieblingsspeise.“ *Siehe David Axmann „Friedrich Torberg – Die Biographie“, Langen Müller, Seite 8*

Perutz‘ Wunsch: „...so möchte ich wie du begraben sein: Ein Grab im Kaffeehaus und rings um mich her der Rauch der Zigaretten, Pagat und Solo-Gromoboi, das Klappern der Dominosteine und der Duft des schwarzen Kaffees.“ *Siehe Hans-Harald Müller „Leo Perutz – Biographie“, Zsolnay, Seite 201*

Seite 44
„Hier schien ihm eine der Bühnen ...“: *Zitat aus Heimito von Doderer „Die Strudlhofstiege“, dtv, Seite 129*

Seite 46, 149 und 165
Vom Autor in großer Hochachtung Erich Fried nachempfundene Gedichte.

Seite 47
Glatzenwatschen = Doderer-Erfindung: „Eine Glatzenwatschen ist eine hochgezielte, weiche Watschen, tunlichst mit nasser Hand (Saug-Watschen). Sie wird (ohne Angaben von Gründen) solchen alten Männern appliziert, die, bei weißem Haarkranz und Bart, noch starke Vitalität, Temperament in ihrer Meinungsäußerung und persönliches Profil zeigen.“ *In Heimito von Doderer „Die Merowinger oder die totale Familie“, dtv, Seite 131*

Seite 49
„Ich bin der Welt abhanden gekommen“, Perutz liebte dieses Lied: „... mit einem Gedicht von Friedrich Rückert verknüpft gewesen zu sein, das er in der Vertonung von Gustav Mahler wiederholt anhörte und das einen nachhaltigen Eindruck bei ihm hinterließ: Ich bin der Welt abhanden gekommen ...“ *Siehe Hans-Harald Müller „Leo Perutz – Biographie“, Zsolnay, Seite 86*

Seite 52
Doderer legt diese Aussage seinem Amtsrat Zihal in den Mund: „Ich bin ein ernster Mensch. Und ich lese keine Romane. Literatur

ist für mich das, was ein Jud' vom anderen abschreibt." *Siehe Klaus Nüchtern „Kontinent Doderer - Eine Durchquerung", C.H.Beck, Seite 45*

Seite 53
„Fetzenschädel" = österreichisch für „Dummkopf"
„Tschick" = österreichisch für „Zigarette, Zigarettenstummel"
„derrisch" = österreichisch für „schwerhörig, taub"
„blad" = österreichisch für „dick"
„Wappler" = österreichisch für „unfähige Person"

Seite 54
„Kopfpolster" = österreichisch für „Kopfkissen"

„Stille ist das nicht vorhandene Zwitschern der Vögel". *Zitat Erich Fried, siehe www.zitate.eu*

Seite 56
„Die Tante Jolesch": Eines der bekanntesten Werke von Friedrich Torberg. *„Die Tante Jolesch oder der Untergang des Abendlandes in Anekdoten", Langen Müller*

Seite 58
Torberg kürte Doderer posthum zum österreichischsten Dichter Österreichs. *Siehe Klaus Nüchtern „Kontinent Doderer - Eine Durchquerung", C.H.Beck, Seite 136*

Seite 59
„Was kann schon aus einem Tag werden ...": Zitat Friedrich Karinthys. *Siehe Friedrich „Das Wiener Kaffeehaus", Verlag Christian Brandstätter, Seite 117*

Seite 61
„Für Erich war Schach eine frivole Zeitverschwendung ..." *Siehe Catherine Fried „Über kurz oder lang - Erinnerungen an Erich Fried", Wagenbach, Seite 26:*

Seite 61/62
Doderers Exekution der Teekanne: Überlieferte Begebenheit.

Seite 68
Torbergs Kommentar zu „Nachts unter der steinernen Brücke“: *Siehe Cover-Rückseite des Romans „Nachts unter der steinernen Brücke“ von Leo Perutz, dtv*

Seite 71
Drommetenrot, von Perutz erfundene Farbe: „Das ist die Farbe Drommetenrot, in der die Sonne leuchtet am Tage des Gerichts.“ *Siehe Leo Perutz „Der Meister des Jüngsten Tages“, dtv, Seite 177. In einem Folianten aus dem 16. Jahrhundert berichtet ein florentinischer Maler, dass sein Meister, Giovansimone Chigi, ein Räucherwerk konsumiert habe, das ihm von einem Alchimisten, der mit ihm noch eine offene Rechnung hatte, unter der Prämisse verabreicht worden war, es werde seine Kreativität wiederbeleben. Beim Rauchen sei ihm aber ein Himmelsfeuer in einer unheimlichen Farbe erschienen.*

Seite 72
„Die Welt von Gestern. Erinnerungen eines Europäers.“ Titel von Zweigs Autobiographie

„Es blökt das Schaf“: Variation einer Textzeile eines Gedichtes von Torberg. Original „Es grunzt das Schwein, es blökt das Schaf, der Dichter findet keinen Schlaf.“ *In David Axmann „Friedrich Torberg – Die Biographie, Langen Müller, Seite 164*

„Sich selbst überleben ...“: So lautet der erste Satz in Doderers Tagebuch. *„Tangenten 1940–1950, Tagebuch eines Schriftstellers“ dtv, Seite 11*

„Seinem Freundeskreis hatte Perutz angeblich schon in Wien verkündet, er sei der Auffassung, daß man im Schreibtisch jedes anständigen Schriftstellers nach dessen Tod ein vollendetes, unpubliziertes Werk finden müsse.“ *Siehe Hans-Harald Müller „Leo Perutz – Biographie“, Zsolnay, Seite 362*

Seite 73
Originalzitat: „Ja“, antwortete er. „Du hast recht, man soll noch das

Beste vom Leben nehmen, ehe man es wegwirft." *In Stefan Zweig „Rausch der Verwandlung", Fischer, Seite 276*

Seite 74
„Man muss die Welt hinter sich bringen ...", *siehe Heimito von Doderer „Tangenten 1940–1950, Tagebuch eines Schriftstellers" dtv, Seite 334*

Seite 79/80
„Im Kaffeehaus wurden literarische Schulen ...": *Siehe Kurt-Jürgen Heering (Hrsg.) „Das Wiener Kaffeehaus", Friedrich Torberg „Traktat über das Wiener Kaffeehaus", Insel Taschenbuch, S. 29*

Seite 80
„Anekdoten über ...": Untertitel des Buches von Friedrich Torberg *„Die Tante Jolesch – oder der Untergang des Abendlandes in Anekdoten" Langen Müller, 1975*

„Klobesen ...": „Er stilisierte sich zum menschenverachtenden Ekel, zum rücksichtslosen Meinungsführer, gebärdete sich als verbaler und tätlicher Raufbold. Nicht selten sah man, wie er, einen nassen Fetzen oder die Klobürste schwingend, einen Tropf durchs Café Herrenhof jagte, um ihn der gerechten Strafe zuzuführen." *Siehe Ulrike Siebauer „Leo Perutz – Ich kenne alles. Alles, nur nicht mich." (Biographie), Bleicher Verlag, Seite 129*

Seite 84
„Zweigstelle": Name eines Blumengeschäftes, Zweigstelle Florale Konzepte & Store, Porzellangasse 4, 1090 Wien

„Erwerbszweig": „... was indirekt insofern geschah, als dass Zeitgenossen ihn wegen der Erträge seiner Bucherfolge als ‚Erwerbszweig' verspotteten." *Siehe Oliver Matuschek „Stefan Zweig – Drei Leben, Eine Biographie", Fischer, Seite 201*

Seite 84/85
Ausflugsziele: Verbürgte Lieblingsorte von Doderer,
Zweig, Torberg, Perutz, Fried.

Seite 93
„Im Kaffeehaus sitzen Menschen, die allein sein wollen, aber dazu Gesellschaft brauchen.“ *Zitat Alfred Polgar*

Seite 96
„Sie haben ja Lücken in Ihrer Unbildung!“ *Zitat Leo Perutz*

Seite 96
„Verlust der sprachlichen Identität“, Original-Zitat: „... und ich brauche Ihnen nicht erst lang und breit zu erzählen, was diese Emigration für mich als einen in Österreich geborenen Juden bedeutet hat: das erzwungene Verlassen der Heimat, die Flucht vor den Schergen des Nationalsozialismus ... den für Schriftsteller besonders schmerzhaften, ja schlechthin ruinösen Verlust der sprachlichen Identität ...“ *Siehe Friedrich Torberg „Auch Nichtraucher müssen sterben“, Ullstein Buch, Seite 83*

Seite 98
„Matura“ = Abitur

Seite 99
„... und daß beim Verlassen des Kaffeehauses das feindliche Ausland beginnt, hab ich ja schon vor Hitler gewusst.“ *Siehe David Axmann „Friedrich Torberg – Die Biographie“, Langen Müller, Seite 191*

Seite 104
„Ein Mord den jeder begeht“, Roman, C.H. Beck, 1938 von Heimito von Doderer, *dtv*

Seite 105
„Und selbst manche engen Freunde brachten kein Verständnis dafür auf, daß Fried 1985 den Neonazi Michael Kühnen in geduldigen Briefen und Gesprächen (zeitweise im Gefängnis) zur politischen Umkehr zu bewegen versuchte.“ *Siehe Erich Fried – Ein Leben in Bildern und Geschichten“, Büchergilde Gutenberg, Seite 129*

Seite 110
„Kredenz“ = Anrichte, neben dem Esstisch stehendes Möbelstück mit Ablagefläche

Seite 111
„Häferl“ = österreichisch für „Tasse, Becher mit Griff“

Seite 114
„Brecht-Boykott“ wird eine antikommunistische Kampagne in Österreich gegen den Autor Bertolt Brecht genannt. In deren Lauf zwischen 1953 und 1963 führte kein etabliertes Wiener Theater dessen Werke auf. Initiatoren waren die beiden Publizisten Hans Weigel und Friedrich Torberg sowie der Burgtheaterdirektor Ernst Haeussermann, publizistisches Organ war die politisch-literarische Zeitschrift FORVM.

Seite 115
„Der Schüler Gerber“, Roman von Friedrich Torberg aus dem Jahre 1930, der die tragische Geschichte eines Schüler-Lehrer-Machtkampfes erzählt. Am Ende, bevor die Stunde beginnt, in der die Matura-Ergebnisse bekannt gegeben werden, verliert Kurt Gerber die Nerven, springt aus dem Fenster und stirbt.

Seite 117
„Kraus-Gegner“: Torberg mochte Karl Kraus, Zweig hingegen nicht. *Siehe Stefan Zweig „Die Welt von Gestern. Erinnerungen eines Europäers“, insel taschenbuch, Seite 129*

Seite 124
Zweigs Entschuldigung in Anlehnung an: „Meine depressiven Zustände haben keine reellen Gründe ... Es ist eine Alterskrise ... ich glaube nicht an die Menschheit, freue mich an zu wenigem.“ *Siehe Oliver Matuschek „Stefan Zweig – Drei Leben, Eine Biographie“, Fischer, Seite 215*

Seite 133
Perutz' Vorschlag, Gedenkglas als Medium zu verwenden: In Anlehnung an: „Der Tod seiner Frau versetzte ihn in eine ungestüme, wilde Trauer. Er wollte ihr Verschwinden nicht wahr haben, holte Medien ins Haus, um mittels spiritistischer Sitzungen mit der Toten Kontakt aufzunehmen ...“ *Siehe Hans-Harald Müller „Leo Perutz – Biographie“, Zsolnay, Seite 238*

Seite 136
Perutz' Schreibblockade, angelehnt an: „Das ist nichts, was Ihr da seht. Ich weiß es wohl, und Ihr müsst es mir nicht sagen, denn nichts ist drückender als Tadel. In meiner Jugend hatte ich die Kraft der Gesichte ... und es gab nicht viele in meiner Kunst, die es mir gleichtaten. Heute aber sind meine Augen trübe, und in mir ist die Glut der Gesichte erloschen." *Siehe Leo Perutz „Der Meister des Jüngsten Tages", dtv, Seite 171*
Und angelehnt an: „Mir macht meine Arbeit wenig Freude ... ein mißlungener Satz läßt mich wochenlang daran zweifeln, daß ich weiter schreiben soll ... Ich bin von dem, was mir gelingt, nie befriedigt. Ich fürchte, es liegt daran, daß ich nicht mehr aus inneren Gründen schreiben muß, sondern eben nur schreiben will." *Siehe Hans-Harald Müller „Leo Perutz – Biographie", Zsolnay, Seite 364*

Seite 139
„Und dann tat ich den ersten Zug aus meiner Pfeife ... Der zweite und dritte Zug. Das fremdartig-säuerliche Aroma des Gemisches kam mir jetzt erst zum Bewusstsein." *Siehe Leo Perutz „Der Meister des Jüngsten Tages", dtv, Seite 183*

Seite 140
„Landkarte": Im Roman „Der Meister des Jüngsten Tages steht das Rezept für die Zutaten der Droge in einem riesigen Folianten mit handkolorierten Landkarten, einem alten geographischen Werk, auf der Rückseite der Karte einer spanischen Provinz. *Siehe Leo Perutz „Der Meister des Jüngsten Tages", dtv, Seite 167*

Seite 141
„Ich habe die volle Wahrheit geschrieben. Nichts übergangen, nichts unterdrückt – wozu auch? Ich habe keinen Anlaß, irgend etwas zu verheimlichen." *Siehe Leo Perutz „Der Meister des Jüngsten Tages", dtv, Seite 5*

Seite 142/143
„Ein ungeheures Feuerzeichen steht am Himmel", schrie der Meister. „Und es leuchtet in einer Farbe, die ich nie zuvor gesehen habe. Wehe mir! Das ist keine irdische Farbe, und meine Augen ertragen sie nicht." „Das ist die Farbe Drommetenrot", rief Meister Salimbeni ..." *Siehe Leo Perutz „Der Meister des Jüngsten Tages", dtv, Seite 177*

Seite 143
„Schmarrn" = österreichisch für „Unsinn, Unfug, Blödsinn"

Seite 144
„Blutwurz": Angelehnt an das Rezept im Roman „Nimm, fürwitziger Mensch, Tormentill (= Blutwurz) in Branntwein ausgezogen, und von diesem drei Teile ...„ *Siehe Leo Perutz „Der Meister des Jüngsten Tages", dtv, Seite 180/181*

Seite 147
„Abschied nehmen, diese schwere und bittere Kunst zu erlernen, haben uns die letzten Jahre reichlich, ja überreichlich Gelegenheit geboten." *Siehe Stefan Zweig „Europäisches Erbe", Kapitel Joseph Roth, Seite 197*

Seite 148
„In dieser Stunde hatte ich das ewige Geheimnis aller großen Kunst, ja eigentlich jeder irdischen Leistung aufgetan gesehen: Konzentration, die Zusammenfassung aller Kräfte, das Außer-sich-Sein, das Außer-der-Welt-Sein jedes Künstlers." *Siehe Stefan Zweig „Die Welt von Gestern. Erinnerungen eines Europäers", insel Taschenbuch, Seite 179*

Seite 149
„Auflehnung gegen das Geschehene und nicht mehr zu Ändernde! – Aber ist dies nicht – von einem höheren Standpunkt aus gesehen – seit jeher der Ursprung aller Kunst gewesen?", *Siehe Leo Perutz „Der Meister des Jüngsten Tages", dtv, Seite 180/181*

Seite 150
Angelehnt an einen Brief Zweigs an Joseph Roth: „Nein, Roth, nicht hart werden an der Härte der Zeit, das heißt, sie bejahen, sie ver-

stärken! Nicht kämpferisch werden, nicht unerbittlich, weil die Unerbittlichen durch ihre Brutalität triumphieren – sie lieber widerlegen durch das Anderssein, sich höhnen lassen für seine Schwäche, statt seine Natur zu verleugnen.“ *Siehe Stefan Zweig „Briefe an Freunde“, Fischer, Seite 285*

Angelehnt an „Es entspricht auch keineswegs meinem rechthaberischen Bedürfnis, das legendäre ... ‚letzte Wort‘ zu behalten ...“ *Aus einem Brief an Justinian Frisch, in Friedrich Torberg „Kaffeehaus war überall – Briefwechsel mit Käuzen und Originalen“, Langen Müller, Seite 69*

Seite 162
Buchtitel und Titel eines der bekanntesten Gedichte von *Erich Fried „Es ist was es ist – Liebesgedichte Angstgedichte Zorngedichte“, Wagenbach, Seite 43*

Seite 169
Grabstein-Schilder: Zitate aus Gedichten von Erich Fried. Das letzte Zitat ist der Anfang des Gedichtes ‚Vielleicht‘, der auch auf Frieds richtigem Grabstein auf dem Londoner Friedhof ‚Kensal Green‘ zu lesen ist. *Siehe Catherine Fried-Boswell (Hrsg.) „Erich Fried – Ein Leben in Bildern und Geschichten“, Büchergilde Gutenberg, Seite 129*

Seite 173
„Nicht am Leben und doch nicht unter der Erde“: In Anlehnung an den Kaffeehaus-Sager „Nicht daheim und doch nicht an der frischen Luft.“

Seite 178
„Ehe ich aus freiem Willen ...“: In Anlehnung an Stefan Zweigs Abschiedsbrief: „Ehe ich aus freiem Willen und mit klaren Sinnen aus dem Leben scheide, drängt es mich eine letzte Pflicht zu erfüllen: diesem wundervollen Lande Brasilien innig zu danken, das mir und meiner Arbeit so gute und gastliche Rast gegeben. Mit jedem Tage habe ich dieses Land mehr lieben gelernt und nirgends hätte ich mir mein Leben lieber vom Grunde aus neu aufgebaut, nachdem die Welt meiner eigenen Sprache für mich untergegangen ist und meine geistige Heimat Europa sich selbst vernichtet ...“

Heimito von Doderer
* 5.9.1896 in Hadersdorf-Weidlingau bei Wien, † 23.12.1966 in Wien.
Am 1.4.1933 trat Doderer der NSDAP bei, distanzierte sich aber ab Ende 1936 wieder vom Nationalsozialismus.
1951 erschien *Die Strudlhofstiege* (benannt nach einer Treppenanlage in Wien Alsergrund). Dieses Werk begründete Doderers späten aber großen Erfolg als Schriftsteller. 1965 war er für den Literatur-Nobelpreis nominiert, seine kurzzeitige NSDAP-Mitgliedschaft verhinderte jedoch die Auszeichnung.
<u>Bezug zum 9. Wiener Gemeindebezirk:</u> Ab 1956 lebte Doderer am Alsergrund (Währinger Straße 50).
<u>Ausgewählte Werke:</u> *Ein Mord, den jeder begeht* (1938), *Die Strudlhofstiege* (1951), *Die Dämonen* (1956), *Die Merowinger oder Die totale Familie* (1962), *Die Wasserfälle von Slunj* (1963)

Erich Fried
* 6.5.1921 als Kind einer jüdischen Familie in Wien, † 22.11.1988 in Baden-Baden.
1938 Flucht nach England.
Fried war in der Nachkriegszeit ein Hauptvertreter der politischen Lyrik. Er beteiligte sich am politischen Diskurs seiner Zeit, nahm an Demonstrationen teil, vertrat öffentlich Positionen der Außerparlamentarischen Opposition und erwarb sich so den Ruf als „Stören-Fried“.
Seine 1979 veröffentlichten *Liebesgedichte* fanden ein breites Publikum und wurden einer der erfolgreichsten Lyrikbände der deutschen Nachkriegszeit.
<u>Bezug zum 9. Wiener Gemeindebezirk:</u> Fried lebte mit seinen Eltern am Alsergrund, (Alserbachstraße 11) und besuchte das Gymnasium Wasagasse.
<u>Ausgewählte Werke:</u> Zahlreiche Gedichtbände über Liebe, Leben, Hoffnung und Tod. Eines der bekanntesten Gedichte hat den Titel *Was es ist.*

Leo Perutz
* 2.11.1882 als Kind einer jüdischen Familie in Prag, † 25.8.1957 in Bad Ischl.
Ausbildung zum Versicherungsmathematiker, Arbeit bei der As-

sicurazioni Generali und Anker-Versicherung. Die nach ihm benannte Perutzsche Ausgleichsformel wurde längere Zeit in der Branche angewendet.
Ab 1915 erste schriftstellerische Erfolge mit den Romanen *Die dritte Kugel* und *Zwischen neun und neun*. 1923 gelang ihm mit dem Roman *Der Meister des Jüngsten Tages* der Durchbruch bei Publikum und Kritik.
1938 Flucht nach Palästina (Tel Aviv), wo er aber nicht mehr an seine früheren Erfolge anknüpfen konnte.
Von 1947 bis zu seinem Tod verbrachte Perutz die Sommermonate in Europa, vorzugsweise im Salzkammergut.
Bezug zum 9. Wiener Gemeindebezirk: Ab 1922 bewohnte Perutz mit seiner Familie eine Wohnung am Alsergrund (Porzellangasse 37).
Ausgewählte Werke: *Die dritte Kugel* (1915), *Zwischen neun und neun* (1918), *Der Marques de Bolibar* (1920), *Der Meister des Jüngsten Tages* (1923), *Turlupin* (1924), *Wohin rollst du Äpfelchen* (1928), *St.Petri-Schnee* (1933), *Der schwedische Reiter* (1936), *Nachts unter der steinernen Brücke* (1953), *Der Judas des Leonardo* (1959)

Friedrich Torberg
* 16.9.1908 als Kind einer jüdischen Familie in Wien, † 10.11.1979 in Wien.
Er verbrachte eine sportliche Jugend (Fußball und Wasserball, u.a. tschechoslowakischer Meister mit Hagibor Prag).
Torberg lebte bis 1938 als Publizist, Theaterkritiker und Vortragender in Prag und Wien. Bereits mit 22 Jahren erlebte er seinen literarischen Durchbruch mit dem Roman *Der Schüler Gerber*. Außerdem machte er sich einen Namen als Übersetzer der Bücher Ephraim Kishons.
1938 Flucht über die Schweiz nach Frankreich, schließlich 1940 in die USA (Los Angeles und New York).
1951 Rückkehr nach Österreich, wo ihm mit der Anekdotensammlung *Die Tante Jolesch* nochmals ein großer literarischer Erfolg gelang. Sein letzter Wohnort war Breitenfurt bei Wien.
Bezug zum 9. Wiener Gemeindebezirk: Torberg kam am Alsergrund zur Welt (Porzellangasse 7a), wohnte später in der Porzellangasse 36, besuchte die Volksschule in der Grünentorgasse und das Gymnasium Wasagasse.

Ausgewählte Werke: *Der Schüler Gerber* (1930), *Die Mannschaft* (1935), *Hier bin ich, mein Vater* (1948), *Die Tante Jolesch oder Der Untergang des Abendlandes in Anekdoten* (1975), *Die Erben der Tante Jolesch* (1978)

Stefan Zweig
* 28.11.1881 als Kind einer jüdischen Familie in Wien, † 23.2.1942 durch Suizid in Petropolis bei Rio de Janeiro, Brasilien. Depressive Zustände hatten ihn schon seit Jahren begleitet.
Bereits mit 19 veröffentlichte er seine ersten Gedichte unter dem Titel *Silberne Saiten*, schon bald danach galt er als etablierter Schriftsteller, bekannt vor allem für seine Novellen und historisch basierten Erzählungen. Während der zwanziger Jahre wurde er zum meistübersetzten Schriftsteller seiner Zeit.
Zweig reiste viel und führte eine intensive Korrespondenz mit anderen Schriftstellern und Künstlern. Er war begeisterter und anerkannter Sammler von Autographen.
1934 Flucht nach England, später über die USA nach Brasilien (1940).
Bezug zum 9. Wiener Gemeindebezirk: Zweig besuchte das Gymnasium Wasagasse (Alsergrund).
Ausgewählte Werke: *Brennendes Geheimnis* (1911), *Jeremias* (1917), *Amok* (1922), *Verwirrung der Gefühle* (1927), *Sternstunden der Menschheit* (1927), *Ungeduld des Herzens* (1939), *Schachnovelle* (1942), *Die Welt von Gestern* (1942)

Wie kamen Sie auf die ungewöhnliche Idee zu diesem Buch?

Nicht ich bin auf die Idee gekommen, die Idee ist auf mich gekommen und ich bin ihr sehr dankbar dafür. Unsterbliche Literaten? Ist doch logisch, dass die noch leben!

Wie ist Ihre Beziehung zu den fünf Literaten aus Ihrem Krimi?

Ich erfuhr eines Tages, dass die fünf einen starken Bezug zum 9. Wiener Gemeindebezirk (Alsergrund) hatten. Außerdem liebten sie das Kaffeehaus. Auch ich lebte viele Jahre am Alsergrund und hätte ich früher gelebt, wäre ich gern Kaffeehausliterat geworden.

Dies ist Ihr erstes Buch, wie sind Sie zum Schreiben gekommen?

In Bezug auf sein nachlassendes Schreibvermögen im Alter sagte Leo Perutz einmal: „Ich fürchte, es liegt daran, dass ich nicht mehr aus inneren Gründen schreiben muss, sondern eben nur schreiben will." Bei mir war es umgekehrt: Ich wollte immer schon ein Buch schreiben. Dieses musste ich schreiben.